불굴의 심장

불굴의 심장

고병재 지음

바른북스

목차

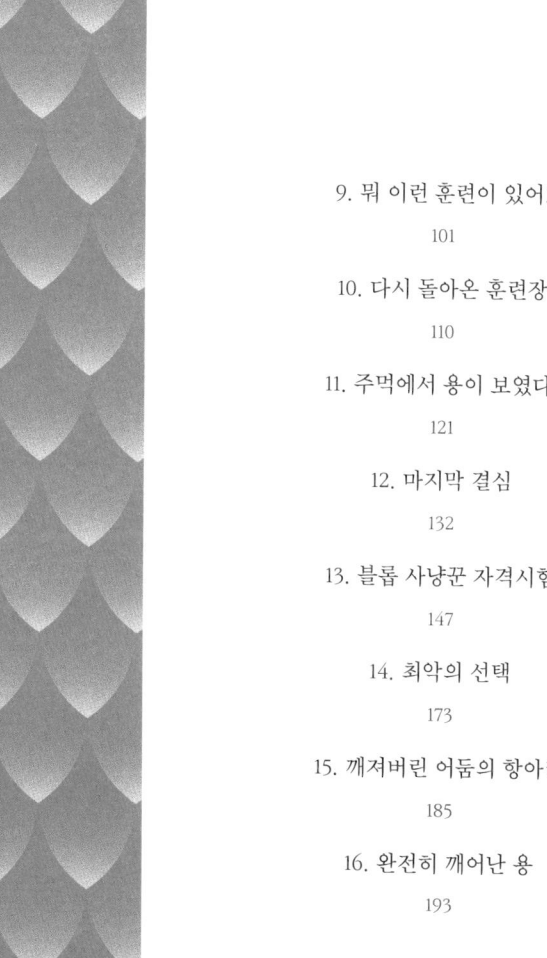

1. 생일의 비극

노을빛이 점차 사그라들고 지평선 위로 둥근 달이 고개를 내밀기 시작할 무렵, 거대한 나무 꼭대기의 수북한 나뭇잎들 틈에선 침을 흘리고 있는 괴물이 몸을 웅크린 채 주변을 두리번거리고 있었다.

"으르르…."

괴물의 몸은 악어처럼 단단한 가죽으로 뒤덮여 있었고 손톱은 잘 깎인 연필처럼 뾰족했다.

정체불명의 형체는 왼쪽 팔로 흘러내리는 침을 닦아 낸 뒤 입을 열었다.

"오늘은 어떤 인간의 심장을 먹어야 할까…."

괴물의 입 밖으로 삐져나온 송곳니는 깨진 유리 파편처럼 살짝 건드리기만 해도 베여버릴 것만 같았다.

한편 시골 마을의 조그마한 초가집, 열네 살 리온은 온종일 농사일을 마치고 집으로 돌아왔다. 며칠 동안 씻지 않아 머리카락은 서로 엉켜버린 채 굳어 있었지만 두 눈망울만큼은 투명한 구슬처럼 맑았다.

그는 어린 나이에 학업을 포기하고 일을 시작했지만, 지금까지 삶에 대해 불만을 품거나 싫은 소리를 단 한 번도 내뱉지 않고 하루하루를 묵묵히 살아왔다.

오늘 8월 8일은 일 년에 단 한 번뿐인 리온의 생일이다. 하지만 그는 마음이 편하지 않았다. 또래 아이들이었다면 자신의 생일날이 가까워질수록 설레는 마음을 숨기지 못하겠지만, 그는 매년 생일날만 다가오면 마음이 불편해졌다.

리온은 집 안으로 들어온 뒤 신문지 같은 겉옷을 아무 곳에나 던져두고 한숨 쉬듯 속삭였다.

"오늘 어머니께서 힘들게 버신 돈으로 생일 케이크를 사 오시면 안 될 텐데…."

그때 집에서 기다리고 있던 동생 도온이 기대에 가득 찬 표정을 짓고 말했다.

"오늘 어머니가 시장에서 맛있는 음식을 사 오시겠지?"

도온은 이제 막 열한 살이 되었다. 그는 형보다 키가

작고 살집이 있었다. 성격은 리온과 반대로 항상 활기 찼다. 리온은 그런 동생이 아직 철이 들지 않았다고 생각해 조용히 말했다.

"생일은 그냥 평범한 날 중 하루일 뿐이야."

도온은 오리처럼 입을 삐죽 내밀고 대답했다.

"그럼 오늘도 잔디처럼 생긴 나물 반찬이랑 흰 쌀밥만 먹는 거야?"

리온은 얕은 한숨을 내쉰 뒤 말했다.

"그게 어때서? 건강에도 좋고 어머니께서 맛있게 해 주시잖아."

그때 그들이 있던 초가집의 여닫이문에서 삐걱거리는 소리가 들려왔다.

"끄르륵…."

문이 천천히 열렸다. 집에서 최소 한 시간은 걸어야만 도착할 수 있는 마을 큰 시장에서 밤늦게까지 채소를 팔고 집으로 돌아온 형제의 어머니는 그들의 대화를 밖에서 엿들었는지 고개를 푹 숙이고 있었다.

리온은 어머니의 얼굴을 보자마자 환한 미소를 짓고 말했다.

"어머니! 잘 다녀오셨어요?"

형제의 어머니는 광대뼈가 훤히 드러나 있을 정도로 삐쩍 말라 있었고 어깨까지 늘어진 머리카락은 리온과 마찬가지로 뻣뻣하게 굳어 있었다. 리온은 어머니의 품에 들려있는 바구니를 보고 새벽에 가져간 감자를 단 한 개도 팔지 못했다는 것을 알 수 있었다.

　그의 어머니 또한 아들의 생일임에도 맛있는 음식과 선물을 사 줄 돈이 없었기에 큰 죄를 지은 사람처럼 고개를 푹 숙이고 있었다.

　리온은 자신의 생일 때마다 미안해하는 어머니의 표정을 보기 싫었기에 매년 다가오는 이날이 싫었다.

　어머니는 오래되어 잘 닫히지도 않는 나무 여닫이문을 힘겹게 밀어 닫고 조용히 말했다.

　"우리 아들, 오늘 생일이지?"

　애써 미소를 짓고 있던 리온은 어머니 품에 들려 있던 감자 바구니를 잽싸게 들고 고개를 저으며 대답했다.

　"어머니, 제 생일은 중요하지 않아요."

　그때 멀뚱히 서 있던 도온이 두 손을 맞잡으며 말했다.

　"오늘은 드디어 생크림 케이크를 먹어볼 수 있는 거야?"

　리온은 순간 미간을 찡그린 채 도온을 노려보며 대답했다.

"케이크는 가격만 비싸고 맛없는 음식이야. 대신 어머니가 감자를 쪄주실 거니까 기다리자. 먹고 남은 감자는 우리보다 형편이 어려운 이웃들에게 나누어 주면 되겠어."

도온은 다시 입술을 삐죽 내밀고 말했다.

"그래도…."

그때 그들의 어머니가 몸을 돌려 방금 들어왔던 여닫이문을 다시 열고 무언가를 결심한 듯 고개를 끄덕인 뒤 말했다.

"잠시만 기다리렴. 케이크…. 금방 사 올게."

뾰로통한 표정을 짓고 있던 도온은 두 팔을 높게 올리고 소리쳤다.

"그게 정말이에요?"

리온은 고개를 격하게 저으며 말했다.

"어머니, 저는 케이크 같은 건 전혀 먹고 싶지 않아요!"

사실 리온도 큰 시장을 돌아다니다 빵 가게의 투명한 유리창 안에 진열돼 있는 생크림 케이크를 볼 때면 매번 침을 꿀꺽 삼키기만 했다.

하지만 그는 지금 형편에 하루하루 먹고사는 것조차 버겁다는 것을 잘 알고 있었기에 고작 자신의 생일이라는 이유로 생크림 케이크라는 사치를 부린다는 건 절대 안 된다고 생각해 말했다.

"어머니, 정말 괜찮아요."

그런데도 그의 어머니는 안심하라는 듯한 눈빛으로 그를 바라보며 입을 열었다.

"지금까지 제대로 된 생일 파티를 한 번도 해주지 못했는데, 오늘만큼은 해야지. 빵 가게가 문을 닫기 전에 서둘러 가야겠다."

결국, 어머니는 늦은 밤 홀로 집 밖으로 나갔다.

리온도 집 밖으로 나가서 걱정스러운 눈빛으로 말했다.

"케이크는 다음 생일 때 먹어도 돼요. 지금은 너무 어둡기도 하고요…."

그의 어머니는 서글서글한 미소를 짓고 리온의 머리를 쓰다듬어 주며 대답했다.

"집에서 도온하고 같이 놀고 있으렴."

어머니는 시장을 향해 걸어가기 시작했고 리온은 어쩔 수 없이 그 모습을 바라보기만 했다. 그는 축 처져 있는 어머니의 양쪽 어깨를 보며 깊은 한숨을 내쉬었다.

도온은 형의 무거운 마음도 모른 채 케이크를 입 속

에 넣는 상상만 하며 소리쳤다.

"드디어 생크림 케이크를 먹어볼 수 있다니!"

리온은 고개를 푹 숙인 채 집 안 곳곳을 방방 뛰어다니는 동생을 보며 말했다.

"너도 우리 집 형편이 좋지 않다는 걸 알잖아….."

도온은 눈을 반쯤 감은 채 대답했다.

"이번만큼은 먹어보고 싶었어."

리온은 주눅 든 동생의 얼굴을 보더니 괜히 미안한 마음이 들었는지 머리를 세차게 쓰다듬으며 말했다.

"아니다! 나도 네 덕분에 케이크를 먹어볼 수 있게 됐네."

형제는 어머니가 시장으로 가는 모습을 잠시 지켜보다 다시 집 안으로 들어왔다. 그들은 어머니를 기다리는 동안 누군가 읽다 버려 중간중간 찢어진 책을 같이 읽고 벽에서 빠르게 기어다니고 있는 수많은 바퀴벌레를 쫓아다니며 시간을 보냈다.

하지만 한 시간이 지나고도 어머니는 집으로 돌아오지 않았다. 리온은 어머니가 돌아올 시간이 한참 지났다고 생각해 입술을 깨물어 대며 말했다.

"이제 오실 때가 됐는데….”

도온은 초조해하는 형의 표정을 보고 말했다.

"어머니가 얼마나 맛있는 케이크를 고르고 계시는 걸까?”

그 순간, 알 수 없는 불쾌한 느낌이 리온의 양쪽 관자놀이를 빠르게 관통했다. 시간은 밤 10시가 훌쩍 넘었고 어머니가 집을 나간 지 두 시간이 지난 상태였다.

리온은 새카만 하늘에 있는 달을 보며 속삭였다.

"시장에 있는 가게들은 분명 한참 전에 문을 닫았을 거야. 내가 직접 시장에 가봐야겠어.”

바퀴벌레를 쫓아다니던 도온도 그를 보고 말했다.

"나도 같이 갈래!”

리온은 자리에서 일어나 겉옷을 오른쪽 어깨에 걸치고 여닫이문에 손끝을 가져다 대었다.

그때 익숙한 목소리의 비명이 들려왔다.

"살려줘!”

형제는 잠시 서로의 얼굴을 보다가 동시에 문을 밀어 소리가 들려온 곳으로 황급히 달려가기 시작했다. 도온이 집 밖으로 급하게 나오다 문고리에 발끝이 걸려 넘어졌지만 리온은 뒤를 돌아보지 않고 맨발로 뛰어가며 말했다.

"젠장…."

얼마 가지 않아, 그는 흙길 위에 엎어져 있는 생크림 케이크를 보았다. 케이크는 거대한 파도와 부딪힌 모래성처럼 형태를 알아볼 수 없을 정도로 으깨져 있었다. 얼마 뒤 그는 길 위에 쓰러져 있는 어머니와 옆에 쪼그려 앉아 있는 괴물을 보고 목청이 찢어질 정도로 소리쳤다.

"어머니!!!"

어머니의 몸 주변엔 이미 피가 홍건하게 고여 있었다. 괴물은 양손을 움직여 가며 무언가를 집어 먹고 있는 듯한 모습이었다.

잠시 뒤 웅크려 앉아 있던 괴물은 슬그머니 일어나 피가 뚝뚝 떨어지고 있는 심장을 왼손에 들고 어두운 숲속을 향해 발을 내딛기 시작했다.

리온은 이미 몸 전체가 피투성이가 된 어머니 옆으로 다가가 고개를 격하게 저었다. 숨을 헐떡이며 힘겹게 의식을 유지하고 있는 그의 어머니는 마지막 남은 투명한 눈물을 흘러내리며 리온을 지그시 바라보았다.

리온은 어머니와 이마를 맞댄 뒤 손을 잡았다.

어머니는 리온을 보며 입을 뻥긋거렸다.

"미…. 미안… 해."

리온은 울음이 가득 찬 상태로 말했다.

"괜히 저 때문에…. 이 망할 놈의 생일 때문에!"

지금 당장 어머니를 업고 의원으로 달려간다 해도 아침이 되어야 도착할 수 있었다.

그의 어머니는 마지막 남은 의식으로 리온의 얼굴을 바라보고 있었다. 잠시 뒤, 그녀는 두 눈을 뜬 상태로 움직이지 않았고 몸 전체도 얼음장처럼 차가워졌다.

뒤늦게 뛰어온 도온은 다리에 힘이 풀려 주저앉은 채 울부짖었다.

"아니야!!! 우리 어머니 아닐 거야!!"

리온은 뜬 눈으로 호흡이 멈춘 어머니의 두 눈을 조심스럽게 쓸어내려 주었다. 이후 그는 어머니를 잔인하게 죽이고 어두운 숲속으로 저벅저벅 걸어가고 있는 괴물의 뒷모습을 노려보았다. 그는 재빨리 일어나 괴물의 뒤를 쫓아가며 말했다.

"내 손으로 반드시 죽여버릴 거야…."

2. 의문의 검객

도온은 멀어져 가는 형의 뒷모습을 보며 소리쳤다.

"형까지 죽을 수 있다고! 어서 돌아와!"

달려가던 리온은 눈앞에 보이는 돌덩이 하나를 집어 들었다. 태어나서 누군가와 싸워본 적이 단 한 번도 없었지만, 지금 그의 머릿속엔 어머니를 죽인 괴물을 절대 살려 보내면 안 되겠다는 생각뿐이었다.

괴물은 고개만 슬쩍 돌려 쫓아오고 있는 인간을 보며 슬며시 입을 열었다.

"스스로 먹잇감이 되고 싶어서 안달 났구나."

리온은 괴물의 뒷모습을 보고 외쳤다.

"거기 멈춰! 넌 내 손으로 없애버릴 거니까!"

괴물은 피가 뚝뚝 떨어지고 있는 심장을 든 채 께름

불굴의 심장

칙한 미소를 지으며 말했다.

"오늘은 인간의 심장을 한 개만 먹으려 했는데, 운이 좋게 두 개를 먹을 수 있겠어. 뭐 그렇다면 나야 좋지만…."

괴물은 걸음 속도를 높였다.

리온은 어두운 숲속으로 들어가는 괴물을 보며 들고 있던 돌덩이를 힘껏 던지고 소리쳤다.

"도망치는 거냐!"

괴물은 시끄럽게 소리치며 따라오는 리온이 성가시기 시작했는지 기다란 혓바닥을 날름거린 뒤 속삭였다.

"그냥 놓아주려 했는데, 안 되겠어."

괴물은 숲속으로 들어가자마자 어둠 속으로 몸을 숨겼다. 리온은 괴물을 따라 수풀이 우거진 곳으로 들어오긴 했지만 사라져 버린 괴물을 찾기 위해 두리번거렸다. 그는 오직 달빛에 의한 희미한 빛으로만 살펴보고 있었다.

리온은 마른침을 삼키고 소리쳤다.

"지금 나한테 겁을 먹은 거야? 어서 나타나!"

주변에서는 귀뚜라미들이 불규칙적으로 울어대는 소리만 들려왔다. 리온은 어쩔 수 없이 어둠 속으로 한 발짝씩 나아갔다. 그의 맨발바닥은 이미 살갗이 벗겨진 상태였고 예상치 못한 곳에서 괴물이 갑자기 튀어나올 수도 있다고 생각했기에 한 걸음 내디딜 때마다 주변을 둘러보았다.

그는 괴물이 나타난다면 자신의 목숨을 바쳐서라도 어머니의 복수를 해야겠다는 생각뿐이었다.

아래턱이 떨려오기 시작한 리온은 두 주먹을 꽉 쥐고 소리쳤다.

"어서 나와!"

그때 리온 뒤쪽에서 괴물이 소리 없이 모습을 드러냈다. 리온은 척추뼈에 오싹한 느낌이 들어 고개를 돌렸고 달빛에 비친 괴물과 마주쳤다.

리온보다 몸집이 두 배 더 커다란 괴물은 진득한 피가 섞인 침을 뚝뚝 흘려대며 말했다.

"방금 죽인 인간의 심장을 여유롭게 먹으려 했는데…. 너의 심장도 내가 먹어야 분이 좀 풀리겠어. 여기 들어온 이상 넌 도망갈 수 없단다?"

괴물의 목소리는 기괴했다. 마치 심한 감기에 걸려 말라버린 목에서 나오는 소리처럼 들렸다.

리온은 뒷걸음질 치며 떨리는 목소리로 말했다.

불굴의 심장

"도대체…. 아무 잘못도 없는 우리 어머니를 왜 죽인 거야."

리온은 돌덩이를 집어 들었고 괴물의 섬뜩한 송곳니를 보며 자신의 목숨도 이제 끝이라는 것을 직감할 수 있었다.

악어처럼 사나운 눈을 가진 괴물은 리온을 내려다보며 대답했다.

"그야 배가 고프니까 인간의 심장을 먹은 것뿐이야. 약한 존재가 강한 존재에게 당하는 것은 당연한 거 모르니?"

리온은 멈추지 않는 눈물을 피 묻은 팔뚝으로 닦아내고 눈을 부릅뜬 채 대답했다.

"넌 내 손으로 죽여버릴 거야…."

리온을 내려다보고 있던 괴물이 기괴한 소리를 내며 웃기 시작했다. 괴물의 입안에는 장미 가시 같은 뾰족한 이빨이 셀 수 없을 정도로 박혀 있었다.

잠시 뒤 단단한 가죽을 가진 괴물은 갑자기 웃음을 멈추고 입을 열었다.

"너같이 힘없고 멍청한 인간 따위가 감히 나를 죽이겠다고 지껄이는 거냐?"

리온은 괴물을 노려보며 답했다.

"그래…. 내가 너를 이 자리에서 없애버릴 거야."

괴물은 눈을 가냘프게 뜨고 리온을 향해 나아가며 말했다.

"어서 날 죽여봐. 인간들은 우리 블롭 종족을 절대 소멸시킬 수 없어. 이제 블롭들이 인간을 지배하는 날이 얼마 남지 않았다고…."

리온은 들고 있던 돌덩이를 괴물의 얼굴을 향해 힘껏 던졌다. 하지만 괴물은 날아오는 돌덩이를 맞고도 마치 옷에 붙은 먼지를 털어내는 것처럼 한쪽 팔로 가볍게 털어냈다.

"인간들의 공격은 겨우 이런 것뿐이지. 우리처럼 날카로운 이빨도 없고 강력한 힘도 없지."

당황한 리온은 눈에 보이는 돌덩이를 집어 다시 괴물의 얼굴을 향해 강하게 내던지며 외쳤다.

"닥쳐!"

내뱉은 말과 다르게 리온의 다리는 주체할 수 없을 정도로 떨리고 있었다.

이후 리온은 주변에 떨어져 있는 나뭇가지나 돌덩이들을 보이는 대로 주워 괴물의 얼굴을 향해 쉼 없이 던져댔다. 괴물은 그의 공격이 가소롭다는 듯 가만히 서서 여유로운 표정을 지었다.

그러다 갑자기 묵직한 돌덩이가 날아와 뾰족한 송곳니 하나를 맞춰 부러뜨리자 눈을 부릅뜨고 말했다.

"너의 몸을 갈기갈기 찢어줄게…."

리온은 떨리는 두 손을 꽉 쥐며 외쳤다.

"덤벼…. 덤비라고!"

괴물은 리온이 계속 시끄럽게 소리치자 화가 치밀어 올랐는지 격한 숨을 내쉬기 시작하며 말했다.

"아까 그 여자가 아닌 너를 먼저 죽여서 입을 다물게 해야 했는데…."

괴물은 리온을 향해 속도를 높여 달려가기 시작했다. 리온은 마른침을 삼키고 바로 앞까지 다가온 괴물의 얼굴을 향해 주먹을 휘둘렀다.

하지만 괴물의 단단한 가죽 때문에 오히려 리온의 주먹에서 피가 새어 나오기 시작했다.

괴물은 당황한 리온의 표정을 보며 말했다.

"겨우 이 정도냐?"

괴물은 리온의 심장을 찌르기 위해 오른쪽 팔을 들어 올렸다.

리온은 높이 솟아오른 괴물의 팔을 보자마자 옆으로 몸을 던져 공격을 간신히 피할 수 있었다. 이후 재빠르게 일어나 뒷걸음질을 치며 소리쳤다.

"오늘…. 널 반드시 없애버릴 거야!"

괴물은 콧방귀를 끼고 말했다.

"네 떨리고 있는 목소리는 살려달라고 애원하는 것 같은데?"

리온은 계속 뒷걸음질 쳤고 괴물은 저벅저벅 쫓아왔다. 리온은 어떻게 해서든지 괴물의 약점을 찾아보기 위해 그의 몸 전체를 훑어보았다. 깨지지 않을 것 같은 단단한 가죽과 곳곳에 튀어나온 가시 때문에 어디를 공격해야 할지 몰랐다.

괴물은 침을 질질 흘리며 말했다.

"이제 너의 심장도 맛있게 먹어줄게…."

그때 리온은 괴물의 이마 속에서 쿵쾅거리고 있는 무언가를 보았다. 리온은 그곳이 분명 괴물의 급소라고 생각했다. 그는 땅에 떨어져 있던 팔뚝만 한 나뭇가지 하나를 집어 들었다.

앞에서 다가오고 있는 괴물은 다시 헛웃음 치고 말했다.

"그걸 나한테 던지면 죽일 수 있을 것 같니?"

리온은 아무 대답 없이 그저 괴물의 이마만 쳐다보았다.

괴물은 장난기 가득한 말투로 말을 이었다.

"지금이라도 도망간다면 너의 심장은 먹지 않을게."

리온은 아무 대답을 하지 않았다.

"지금 내 말을 무시하는 거냐!"

괴물은 화가 난 듯 입을 크게 벌렸고 그 속에는 거미줄처럼 침이 서로 엉켜 있었다. 리온은 괴물의 모습을 보고 무언가를 결심한 듯 들고 있는 뾰족한 나뭇가지를 꽉 붙잡고 속삭였다.

"어머니, 제가 반드시…. 복수할게요."

리온은 괴물을 향해 무작정 달려 나가며 소리쳤다.

"으아!!!"

괴물은 뒷걸음질만 치던 리온이 마치 뒤에서 누군가에게 밀리기라도 한 것처럼 빠르게 달려오자 기다렸다는 듯이 혓바닥을 날름거리며 말했다.

"스스로 먹이가 되어준다면 나야 고맙지."

리온은 급소를 찌르기 위해 높이 뛰어올랐다.

하지만 괴물은 그가 자신의 이마를 노리고 있다는 것

을 빠르게 알아차리고 두꺼운 팔을 휘둘렀다.

"어딜 감히!"

리온은 괴물이 휘두른 팔에 맞아 내동댕이쳐지고 말았다. 찢어진 이마에선 피가 흘러내리기 시작했고 척추뼈가 부서지는 듯한 고통을 느꼈다.

괴물은 쓰러진 리온의 앞으로 다가와 입을 열었다.

"오늘 운이 좋게 인간의 심장을 두 개나 먹을 수 있게 되었군."

괴물은 쓰러져 있는 리온의 두 팔을 지그시 눌러 움직일 수 없게 했다. 리온은 빠져나가기 위해 발버둥을 쳐보았지만, 소용없었다.

괴물은 리온의 몸에 침을 뚝뚝 떨어뜨렸다.

"네 엄마의 곁으로 보내줄게…"

괴물은 입을 크게 벌렸다.

그때 둥근 보름달에 검은 그림자 하나가 나타났다.

리온은 눈을 크게 뜨고 괴물 뒤에 뛰어오른 형체를 보았다. 달에 비친 그는 두 손으로 기다란 칼을 거꾸로 잡은 채 괴물의 등에 올라탔고 뒤통수에 칼을 깊숙이

찔러넣었다. 괴물은 입을 벌린 상태에서 힘없이 옆으로 쓰러졌다. 괴물의 머리는 마치 둥근 수박에 기다란 칼을 관통시킨 것처럼 보였다.

괴물의 머리에선 초록색 피가 뿜어져 나오기 시작했고 몸 전체는 굳어버린 찰흙처럼 딱딱해졌다. 얼마 지나지 않아 괴물의 몸은 산산조각이 나며 땅 위에 우수수 떨어졌다. 리온은 입을 벌린 채 갑자기 나타난 사람을 바라보았다.

의문의 검객은 괴물의 머릿속에서 뛰고 있던 심장이 멈춘 것을 확인하고 다시 칼을 빼내었다. 그는 얇고 날카로운 칼날에 묻은 괴물의 초록색 핏물을 털어내기 위해 채찍 휘두르듯 칼을 허공에 내리쳤다.

3. 목숨을 건 결심

    리온은 두 눈을 크게 뜨고 갑자기 나타난 검객을 잠시 바라보았다. 칼을 들고 있는 사람은 아무 일 없었다는 듯이 칼집에 칼을 꽂아 넣었다.

    이후 검객은 허리춤에 매달려 있던 손바닥 크기의 호리병 하나를 빼내더니 괴물의 몸이 조각조각 떨어져 있는 곳으로 다가가 뚜껑을 열었다.

    산산조각 난 괴물의 몸은 흐릿한 연기로 변하며 호리병 안으로 빨려 들어가기 시작했다.

    호리병을 들고 앉아 있는 그의 뒷모습은 마치 강아지에게 사료를 주는 모습처럼 보였다.

    리온은 그를 바라보며 조심스럽게 입을 열었다.

    "저기…"

호리병을 들고 있는 남자는 고개만 살짝 돌려 리온을 잠시 바라보았고 다시 호리병 안으로 빨려 들어가는 연기로 고개를 돌렸다.

리온은 어둠 속에서 잘 보이지 않는 그의 모습을 보고 다시 말을 걸었다.

"저기 혹시…."

한쪽 무릎을 꿇은 채 호리병을 들고 있는 검객은 리온을 보았다. 그는 자리에서 일어나 호리병의 뚜껑을 닫았다. 리온은 아직 마음이 진정되지 않아 입 밖으로 말이 쉽게 튀어나오지 못했지만, 앞에 있는 검객이 금세 사라질 것 같은 느낌이 들어 말을 이었다.

"다…. 당신의 정체가 뭐예요?"

호리병을 들고 있는 남자는 리온이 있는 곳으로 천천히 다가와 조용히 대답했다.

"이름은 라트. 세상 곳곳에 나타난 블롭 종족을 제거하고 있다."

검객은 하얀색의 펑퍼짐한 한복 같은 옷을 입고 있었다. 리온은 덤덤한 그의 말투를 듣고 대답했다.

"저도…. 당신처럼 방금 그 끔찍한 괴물을 무찌르려면 어떻게 해야 할까요…?"

라트는 리온의 말을 듣고 잠시 아무 말 없이 서 있다가 단호한 말투로 대답했다.

"아무나 될 수 없어."

라트는 몸을 돌리려 했고 리온은 마른침을 삼킨 뒤 외쳤다.

"저도 당신처럼 괴물을 죽일 수 있는 사람이 되고 싶어요! 가르쳐 주세요!"

라트는 그의 말을 들은 체도 하지 않고 되돌아가기 위해 발을 내디뎠다.

리온은 그의 뒷모습을 보고 울부짖었다.

"저희 어머니가 방금 그 괴물한테 목숨을 빼앗겼다고요!"

라트는 걸음을 멈춘 뒤 미간을 찌푸리고 대답했다.

"너같이 나약한 녀석은 할 수 없어."

그의 얼굴 옆면은 조각상처럼 코가 높고 입술이 선명해 보였다. 리온은 라트의 말을 듣고 오기가 생겼는지 그에게 다가가 옷자락을 붙잡고 말했다.

"시키는 건 다 하겠습니다! 저도 괴물들을 직접 잡아서 세상에 있는 모든 가족이 평화롭고 걱정 없이 살 수 있도록 만들고 싶어요!"

라트는 리온의 두 눈을 쳐다보았다. 리온의 눈망울에는 투명한 이슬 같은 눈물이 잔뜩 고여 있었다.

라트는 리온의 눈을 바라보며 단호하게 답했다.

"다시 말하지만, 이 일은 나약한 네가 하고 싶다고 해서 되는 게 아니야."

라트는 그 말을 내뱉고 몸을 돌리려 했다.

리온은 고개를 숙이고 소리쳤다.

"다시는!"

라트는 깊은 한숨을 내쉬고 다시 리온을 보았다.

리온의 얼굴에선 눈물과 콧물이 섞여 뚝뚝 떨어지고 있었다. 그는 라트의 눈을 보고 애절하게 말했다.

"괴물들을 죽일 수 있는 기술만 배울 수만 있다면 무엇이든 하겠습니다…."

라트는 한쪽 무릎을 꿇고 앉아 마지막이라는 듯 냉정하게 말했다.

"지금까지 너 같은 녀석들을 많이 봐왔어. 가족을 잃거나 소중한 친구를 잃었다는 사람들이 너처럼 괴물을 잡고 마을을 지키고 싶다고 말했지. 하지만 얼마 안 가 겁에 질려 전부 도망가고 말았어."

"저는 달라요!"

"아니? 똑같을 거야. 너는 방금도 멍청한 행동을 하다가 죽을뻔했어."

리온은 그를 보며 말했다.

"한 번만…. 기회를 주세요…."

그때 라트는 자리에서 일어나 칼을 빼낸 뒤 리온 앞으로 툭 던지며 말했다.

"그 칼로 내 몸을 살짝이라도 벤다면 알려주도록 하지. 다만, 내 주먹에 맞고 네가 먼저 쓰러져 기절한다면 사냥꾼의 자격이 없으니 집으로 돌아가서 조용히 살아."

리온은 당황한 눈빛으로 앞에 떨어져 있는 얇고 기다란 칼을 보며 속삭였다.

"제가 어떻게…."

라트는 무심하게 말했다.

"난 너처럼 분한 감정 때문에 충동적으로 사냥꾼이 되고 싶다는 녀석들이 제일 싫어."

리온은 오른손을 뻗어 칼의 손잡이를 슬며시 쥐어 들었다. 라트가 능수능란하게 다루었던 칼의 무게는 주먹 크기의 돌덩이보다 묵직했다. 그는 두 손으로 칼의 손잡이를 잡고 일어나 라트를 바라보았다.

라트가 팔짱을 낀 채 말했다.

"내 목을 잘라도 좋다."

리온은 온몸을 떨며 아무런 움직임도 보이지 않았다. 그때 라트는 갑자기 앞으로 뛰어나와 주먹을 휘둘렀다. 리온은 왼쪽 뺨에 주먹을 얻어맞고 넘어져 버리고 말았다. 들고 있던 칼도 놓쳐버렸다. 그의 찢어진 입꼬리에선 피가 나기 시작했다.

"끅…."

라트는 아무런 표정 변화 없이 그의 배를 발로 차버렸다. 순식간에 이어지는 공격에 리온은 굼벵이처럼 몸을 구부린 채 두 손으로 배를 움켜잡았다.

라트는 되돌아가기 위해 발걸음을 내디디며 말했다.

"겨우 이 정도로 사냥꾼이 되고 싶다고 지껄인 거냐?"

그때 리온은 손바닥으로 땅을 짚고 라트를 노려보며 힘겹게 말했다.

"저는…. 반드시…. 사람들을…. 지킬 거예요…."

리온은 앞에 떨어져 있는 칼을 들고 라트가 서 있는 곳으로 달려가 휘둘렀다. 라트는 그가 가까이 다가올 때까지 팔짱을 낀 채 바라보더니 칼날이 머리에 가까워지자 바람을 가르는 소리와 함께 옆으로 피했다. 리온은 칼의 무게에 이끌려 앞으로 고꾸라지고 말았다.

리온은 재빨리 칼을 잡고 일어서서 말했다.

"우리 어머니를 위해서…. 사람들을 위해서…."

그때 라트는 리온의 눈동자에서 초록빛이 반짝이는 것을 보고 순간 눈을 부릅뜨고 속삭였다.

"저 눈빛은…."

리온은 라트가 서 있는 곳으로 칼을 휘둘렀다. 라트는 뒤늦게 그의 칼날을 피하려 몸을 비틀었지만, 칼끝이 라트의 이마에 스치고 말았다.

라트는 미간을 찡그리고 말했다.

"젠장, 순간 방심했어."

상처 난 이마에서 나온 피는 눈 사이로 흘러 코끝에 맺혔다.

피를 본 리온은 칼을 옆으로 내던지고 라트가 서 있는 곳으로 달려와 무릎을 꿇고 두 손바닥을 비벼대며 말했다.

"괜찮으세요? 죄송해요…!"

라트는 가까이 다가오지 말라는 듯 손을 뻗었다. 그는 침착하게 안주머니에서 손수건을 꺼내 흘러내리는 피를 닦아내고 상처 부위를 지그시 누르며 말했다.

"넌 운이 좋았을 뿐이야."

리온은 머리를 숙인 채 소리쳤다.

"용서해 주세요!"

라트는 무심하게 컴컴한 하늘을 보며 조용히 말했다.

"자리에 앉기나 해. 아까 했던 약속은 지켜야지."

리온은 미안함 가득한 눈빛으로 그를 바라보며 앉았다.

라트는 이마를 누르고 있는 상태로 그를 내려다보며 말했다.

"블롭 종족에 대해선 알고 있나?"

리온은 고개를 가로저으며 답했다.

"처…. 처음 들어봤습니다."

"똑바로 앉아."

라트도 차가운 흙모래 바닥에 풀썩 앉아 리온은 그를 쳐다보았다.

"너희 어머니의 목숨을 앗아간 녀석도 블롭 종족 중 하나야."

리온은 고개를 갸우뚱하며 말했다.

"그 괴물이 블롭이에요?"

라트는 깊은 한숨을 내쉬고 대답했다.

"지금까지 그것도 모르고 있던 거야?"

리온은 고개를 떨군 채 말했다.

"네⋯."

리온은 그의 사나운 눈매에 압도당해 똑바로 바라볼 수 없었다.

"한 번만 말할 테니 잘 들어. 두 번 말하는 건 딱 질색이거든."

리온은 조심스럽게 고개를 끄덕이며 어둠 속이어서 잘 보이지 않는 그의 얼굴을 쳐다보았다. 라트는 잠시 리온의 얼굴을 못마땅하게 쳐다본 뒤 입을 열었다.

"블롭 녀석들은 예전부터 우리 인간들하고 수많은 싸움을 해오고 있지. 물론 지금은 인간들과 그들이 사는 곳 사이에 아주 높은 벽이 있어서 서로 상대의 땅에 들어갈 수 없게 됐고⋯."

"그럼 아까 그 녀석은 어떻게⋯."

라트는 리온이 그 말을 꺼낼 것이라고 예상했는지 살며시 고개를 끄덕이며 말했다.

"블롭 종족도 오백 년 전 아니, 그보다 더 오래전엔 우리와 같은 사람이었지. 하지만 이 세상을 자신의 힘으로 지배하고 싶었던 미친 과학자 할라디아가 위험한 재료를 가지고 영생의 약물을 만들려 했고 그 부작용으로 돌연변이로 변해버리는 사람들이 생겨나기 시작했

불굴의 심장

어. 그러면서 블롭 종족들은 사람들의 심장을 먹어야만 살 수 있게 되었지."

리온은 고개를 떨군 채 갑자기 어머니의 마지막 모습이 머릿속에 떠올라 눈물을 흘렸다. 라트는 소리 없이 흐느끼고 있는 리온의 얼굴을 보며 무심하게 말을 이었다.

"마을에 살던 사람들은 갑자기 흉측하게 변해버린 그들을 피해 달아났지. 그때부터 블롭들을 막기 위한 사냥꾼이 생겼어. 그들은 평생 뼈를 깎는 훈련을 해야만 하지…"

리온은 말없이 고개를 끄덕였다.

라트는 얕은 한숨을 쉬고 난 뒤 말을 이었다.

"그런 블롭들을 죽일 수 있는 유일한 방법은 심장을 노려 멈추게 해야 한다는 거야. 안 그러면 그 녀석들은 절대 죽지 않거든."

말을 듣던 리온이 대답했다.

"그런데 당신은 괴물의 이마를 찔렀잖아요."

라트는 고개를 끄덕이며 말했다.

"블롭들은 사람처럼 가슴 중앙에 심장이 있지 않아. 아까 그 블롭은 이마에 심장이 있던 거야. 블롭마다 심장의 위치가 모두 달라. 그리고 심장의 개수도 달라. 많으면 많을수록 강력한 힘을 가지고 있지."

리온은 아무 말 없이 고개를 끄덕였고 자리에서 일어나 주먹을 높이 올리고 외쳤다.

"저도 블롭 사냥꾼이 돼서 세상에 있는 모든 블롭을 없앨 거예요!"

라트는 고개를 내저으며 말했다.

"그건 아까 말했던 것처럼 하고 싶다고 되는 게 아니야."

리온은 주먹을 꽉 쥐며 대답했다.

"어렵다는 건 알아요. 하지만…. 저는 해야만 해요!"

"네가 힘든 훈련들을 이겨낼 수 있는지 아니면 금방 포기하게 될지 모르겠지만."

마음이 급해진 리온은 자리에서 일어나 두 주먹을 강하게 쥐고 소리쳤다.

"저에게 블롭 종족을 잡기 위해선 어떻게 해야 하는지 알려주세요!"

그때 라트는 그의 두 주먹을 보고 희미한 미소를 지으며 말했다.

"이거 하나만 말해주지. 너는 칼보다 두 주먹을 사용해서 싸우는 게 좋을 거야."

리온은 달빛에 비친 양쪽 주먹을 번갈아 보며 대답했다.

"제 주먹이라면 블롭들을 한 방에 무찌를 수 있을 것처럼 보이나요?"

라트는 고개를 저으며 말했다.

"너의 검 실력이 너무 형편없어서 칼을 들고 사냥꾼이 되려면 이번 생엔 절대 안 될 것 같거든."

이후 그는 몸을 돌리고 말했다.

"아침 해가 떠오르는 동쪽 길로 쉼 없이 걸어가다 보면 벽에 수많은 노란 깃발이 꽂혀 있는 곳이 보일 거야. 그곳에 들어가 훈련을 받아보고 싶다고 말해봐. 그리고 너는 몇 살이지?"

리온이 대답했다.

"저는 열네 살이에요⋯."

라트는 리온을 보고 나지막이 말했다.

"나랑 같네."

이후 라트는 하늘을 날 듯 가볍게 뛰어올라 순식간에 자리에서 사라졌다. 리온은 방금까지 그가 있던 자리를 멍하니 쳐다보며 속삭였다.

"나도 저 사람처럼 될 수 있을까?"

4. 생이별

라트가 떠나고 난 뒤 리온은 잠시 멍하니 앉아 있었다. 그는 하늘 위에 있는 동그란 보름달을 바라보며 미소 짓고 있는 어머니의 얼굴을 떠올렸다.

리온은 굳은 결심을 한 뒤 자리에서 일어나 도온이 초조하게 기다리고 있을 집으로 발걸음을 옮겼다. 그는 블롭을 쫓아 오느라 집에서 멀리 떨어져 있는 곳까지 와서 돌아가는 데 생각보다 오랜 시간이 걸렸다.

이후 리온은 집으로 터벅터벅 걸어가며 자신의 두 손바닥을 보고 라트가 떠나기 전 했던 말을 떠올렸다.

"라트는 내가 나약해서 도망칠 거라고 했어. 나는 그 말이 틀렸다는 걸 반드시 보여줄 거야."

리온이 집에 가까이 가니 멀리 떨어져 살던 마을 사

람들까지 집 앞에 모여 있었다. 그는 어머니의 소식이 벌써 마을 전체에 퍼졌다는 것을 알 수 있었다. 사람들은 어머니의 시신을 집 뒤에 있는 조그마한 마당에 묻어둔 것으로 보였다.

그때 리온의 집에서 가장 가까이에 살고 있던 코로코 할머니가 집으로 돌아오고 있는 리온을 보고 주저앉아 소리쳤다.

"아이고! 불쌍해서 어떡해!"

다른 사람들도 걸어오고 있는 리온을 보며 말했다.

"어떻게 이런 끔찍한 일이 일어나니…."

리온은 그런 마을 사람들에게 어떤 반응을 보여야 할지 몰랐다. 그러던 중 사람들 사이에 서 있는 동생의 얼굴을 보았다. 도온은 리온이 블롭을 따라가 무사히 돌아온 것을 보고 두 팔을 양쪽으로 벌려 뛰어갔다.

"형!"

리온은 지금까지 참아왔던 눈물을 왈칵 쏟아버렸다. 도온은 그에게 다가가 품에 안겼다.

"무사히 돌아와서 다행이야."

리온도 도온의 등을 어루만지며 입을 열었다.

"당연히 돌아와야지. 어머니의 목숨을 앗아간 괴물

녀석을 물리치고 왔어."

눈이 벌게진 도온이 그의 눈을 보고 말했다.

"정말?"

"그럼 정말이지. 한주먹거리도 아니던데?"

그날 밤 형제는 어머니를 땅에 묻어준 마을 사람들에게 감사 인사를 전했다.

밤이 깊어지자 마을 사람들은 돌아가고 형제는 어머니 없는 집 안으로 들어왔다. 바닥에 떨어져 모양이 흐트러진 케이크는 책상 위에 올려져 있었다.

슬픔에 빠진 도온은 이불도 없는 나무 바닥에 누워 천장을 바라보며 말했다.

"형…. 이제 우린 어떻게 해야 해?"

리온은 그 말에 아무 대답도 하지 못했다. 잠시 뒤 도온은 울다가 지쳐 잠들었고 리온은 이제 어떻게 해야할지 결정을 내리기 힘들었기에 아침이 될 때까지 뜬눈으로 보내야만 했다. 잠시 뒤 그는 무언가를 결심한 듯 조용히 일어나서 자는 동생의 얼굴을 보며 속삭였다.

"미안하다…."

도온의 양쪽 뺨에는 하얀 눈물 자국이 선명하게 나 있었다. 리온은 이 세상의 블롭들을 모두 없애버리기 위해 홀로 집을 떠나기로 다짐했다. 하지만 그는 동생 혼자 이곳에 두고 가야 한다는 것이 마음속에 큰 걸림돌이었다.

사실 리온은 마을에 남아 동생과 함께 살고 싶었지만, 어머니가 죽은 모습이 머릿속에 계속 떠올라 다른 가족들이 더는 아픈 이별을 하지 않았으면 좋겠다는 생각이 들었다.

시간이 흘러 아침 해가 점점 지평선 위로 떠 오를 때 리온은 조용히 집 밖으로 나와 가장 가까이에 사는 코로코 할머니 집으로 갔다. 할머니는 나이가 팔십이 훌쩍 넘었지만, 지팡이도 짚지 않고 매일 수십 킬로를 걸을 정도로 정정했다. 리온은 할머니 집 앞에서 잠시 서서 고민하다가 결심한 듯 고개를 끄덕이고 문을 두드렸다.

"저…."

집 안에 있던 할머니는 밖에 서 있는 리온을 보고 한 걸음에 나와 말했다.

"어서 들어오렴."

리온은 굳은 표정을 유지한 채 집 안으로 들어갔고

세월의 흔적이 보이는 낡은 가죽 소파에 앉았다. 할머니는 그의 활기 없는 표정을 잠시 지켜 보고만 있었다.

잠시 뒤 고개를 숙이고 있던 리온은 힘겹게 입을 열었다.

"할머니…. 할 말이 있어요."

할머니는 고개를 끄덕이며 대답했다.

"어서 말해보렴."

하지만 리온은 쉽게 입을 열지 못하고 입만 우물거렸다. 마치 이빨 사이에 낀 음식을 빼내기라도 하듯. 그러다 그는 갑자기 소파에서 내려와 무릎을 꿇고 바닥을 보았다. 할머니는 그런 리온의 모습을 보며 그가 하고 싶은 말을 못 하고 있다는 것을 알 수 있었다. 할머니는 그의 눈을 지그시 쳐다보며 괜찮다는 듯 고개를 끄덕이며 말했다.

"편하게 말해도 된단다."

리온은 침을 삼키고 난 후 눈꺼풀이 축 늘어진 할머니의 눈을 바라보았다.

"잠시 도온을 보살펴 주실 수 있을까요?"

할머니는 머릿속에 예상하던 말이 아니라는 듯이 주름을 구기며 대답했다.

불굴의 심장

"도온을?"

리온은 단호하게 말했다.

"네."

할머니는 한동안 아무 대답 없이 그를 쳐다보았고 리온은 말을 이었다.

"저는 이제 이곳을 떠나 블롭 종족을 처단하기 위해 마을 밖에 있는 훈련장으로 떠나려고 합니다."

할머니는 입이 말라오는지 앞에 놓여 있는 녹차를 한 모금 마시고 최대한 침착하게 말을 내뱉었다.

"그럼 블롭 사냥꾼이 되고 싶다는 말이니?"

리온은 고개를 숙이고 나지막이 대답했다.

"네…."

할머니는 고개를 숙이고 있는 리온을 걱정스러운 눈빛으로 바라보며 입을 열었다.

"블롭 사냥꾼들 중 대부분은 끔찍하게 잡아먹힌다는 것도 알고 있니?"

리온은 할머니의 걱정스러운 말을 듣고 난 뒤 고개를 끄덕였다.

"네…. 알고 있어요."

할머니는 리온의 표정을 보고 이미 결정을 마친 상태

라고 생각해 조심스럽게 물었다.

"이 할머니가 도온을 봐줄 수 있지만 내가 얼마나 더 살 수 있을지 모르겠구나."

리온은 할머니 앞에서 무릎을 꿇고 절하며 말했다.

"금방 돌아올 테니 그때까지만 도온을 잘 부탁드리겠습니다."

할머니는 리온을 지그시 바라보며 대답했다.

"동생하고 대화는 해봤니?"

리온은 고개를 저으며 말했다.

"아니요. 못 했습니다."

할머니가 답했다.

"그럼 어서 도온에게도 말을 해주렴."

리온은 잠시 주저하다 입을 열었다.

"도온에게는 말하지 않고 떠나려 합니다."

할머니는 눈 주변 주름을 구기며 대답했다.

"인사도 하지 않고 그냥 떠나버린다고? 그럼 도온이 너무 슬퍼하지 않겠니?"

리온은 잠시 고개를 숙인 채 말했다.

"제가 떠난다는 것을 말하면 분명 저를 따라온다고 할 거예요."

할머니는 고개를 살며시 끄덕였다.

"그럼 언제 떠날 생각이니?"

리온은 고개를 들어 할머니의 얼굴을 보고 말했다.

"지금 당장 떠날 생각입니다. 시간을 지체해 봤자 저에게 좋을 건 없을 것 같아요."

할머니는 숨을 거르고 입을 열었다.

"그럼 도온에게는 내가 잘 말해줄 테니 무사히 다녀오거라. 힘들면 언제든지 돌아오렴. 이 할머니가 살아 있을 때까지 너를 항상 기다리고 있을 테니."

"감사합니다."

리온은 아침 해가 지평선 위로 절반 정도 올라와 있을 때 조용히 집 안으로 들어왔다. 그는 도온이 잠에서 깨기 전에 몰래 떠나려 했기에 발뒤꿈치를 들어 소리 없이 걸었다.

그때 누워 있던 도온이 눈을 감은 상태로 말했다.

"어디 가려고?"

리온은 마치 벼락에 맞기라도 한 것처럼 순간 움찔거렸다.

도온은 눈을 뜨지 않고 말을 이었다.

"어디 가려고 소리도 없이 걷고 있는 거야?"

리온은 뒷머리를 긁적거리며 말을 더듬었다.

"어…. 그게!"

그때 도온은 눈을 부릅뜨고 천천히 몸을 일으켜 문 앞에 서 있는 리온을 쳐다보았다. 리온은 마치 도둑질 하다 들키기라도 한 도둑처럼 격하게 눈을 깜빡였다.

도온은 리온을 보며 말했다.

"설마 나 혼자 여기에 두고 멀리 떠나려 하는 건 아니지?"

모든 것을 들켜버린 리온은 어쩔 수 없이 사실대로 말해야만 했다. 그는 발뒤꿈치를 내리고 동생에게 터벅 터벅 다가갔다.

이후 그는 자리에 털썩 앉아 깊은숨을 내쉬고 말했다.

"솔직히 말할게."

방금 일어난 도온은 리온의 얼굴을 유심히 쳐다보았 다. 그는 이미 형의 입에서 어떤 말이 나올지 대충 알고 있는 듯 보였다.

리온은 한동안 동생의 얼굴을 바라보지 못하고 손바 닥만 문지르며 말을 내뱉었다.

"여길 떠나야 할 것 같아."

도온은 고개를 저으며 말했다.

"그건 안 돼!"

리온은 자신이 예상했던 일이 일어나자 얕은 한숨을 내쉬었고 조금 더 일찍 떠나지 못한 것이 후회되었다. 도온의 얼굴이 점점 붉어졌다.

"그럼 나도 데려가."

리온은 동생을 어떻게 설득시킬지 생각했다. 그의 동생은 울먹이며 말을 이었다.

"이제 어머니도 없는데 형까지 나를 떠나는 거야?"

리온은 한동안 말없이 앉아 있다가 동생의 눈동자를 바라보며 말했다.

"나는 혼자 떠나야 해."

도온은 그를 노려보며 대답했다.

"왜 나랑 같이 가면 안 되는 거야?"

리온은 지그시 눈을 감고 벅차오르는 감정을 욱여넣으며 말했다.

"내가 가려고 하는 곳은 너무 위험해. 너는 이웃 코로코 할머니가 잘 보살펴 줄 테니 내가 금방 돌아올 때까지 그곳에서 기다려 줘."

그 말끝으로 리온은 시간을 지체할 수 없다고 생각해 자리에서 일어나 문을 열고 밖으로 나갔다. 그는 해가 서서히 올라가고 있는 동쪽으로 발걸음을 옮기기 시작했다.

코로코 할머니는 그를 배웅하기 위해 이미 집 밖에서 있었다.

리온은 할머니에게 다가가 말했다.

"저는 떠나보겠습니다."

할머니는 리온의 표정이 좋지 않은 것을 보고 동생과 제대로 인사하지 못했다는 것을 단번에 알아차렸다.

"허락하지 않았구나?"

리온은 대답 없이 고개만 끄덕였다. 할머니는 손에 들고있는 보자기를 그의 손에 쥐어주었다.

리온은 보자기를 받고 말했다.

"이건 뭐예요?"

보자기 안에서 뽀얀 연기가 모락모락 피어오르고 있었다.

"방금 삶은 감자야. 배가 고프면 굶지 말고 먹으렴."

리온은 보자기 안에 뭉툭하고 못생긴 생긴 감자가 폭삭 익어 있는 것을 보고 얕은 미소를 지으며 말했다.

"감사합니다. 최대한 빨리 돌아올게요⋯."

코로코 할머니도 걱정스러운 눈빛으로 그를 바라보며 고개를 끄덕였다. 리온은 두려운 마음이 더 커지려고 하자 마음이 불편해져 얼른 고개를 돌렸다.

"정말 떠나겠습니다."

코로코 할머니는 대답했다.

"떠나기 전에 도온하고 제대로 된 인사를 하지 않아도 괜찮겠니?"

리온은 입을 꾹 다물고 고개만 끄덕였다.

"그럼⋯. 안녕히 계세요."

그는 언제 돌아올지 모르는 허름한 초가집을 쳐다보았다.

그때 도온은 집 밖으로 뛰쳐나와 소리쳤다.

"나도 따라갈 거야!"

눈물을 흘리고 있는 도온의 얼굴은 붉게 달아올라 있었다. 리온은 자신의 속마음과 달리 단호하게 말했다.

"금방 돌아올 테니 잠시 할머니랑 같이 있어."

도온은 흥분을 가라앉히지 못하고 외쳤다.

"위험한 일이 생기면 나랑 같이 이겨내면 되잖아!"

리온은 아무 말 없이 집 앞에 서 있는 할머니를 쳐다

보았다. 할머니는 리온이 난감해하는 표정을 보고 마음 편히 떠나보내기 위해 도온이 서 있는 곳으로 다가가 타이르듯 말했다.

"형은 금방 돌아올 테니 이 할머니랑 잠시 지내는 건 어떠니?"

도온은 자신을 달래주는 코로코 할머니의 손을 뿌리치고 리온이 서 있는 곳까지 달려가기 시작했다. 할머니는 그를 붙잡으려 두 손을 뻗었지만, 소용없었다.

잠시 뒤 도온은 천천히 걸어가던 리온의 옷가지를 강하게 붙잡았다. 리온은 어금니를 꽉 깨문 채 눈을 지그시 감았다.

도온은 울먹이며 말했다.

"절대 보내줄 수 없어."

그때 리온은 동생이 서 있는 방향으로 몸을 돌려 옷가지를 붙잡고 있는 동생의 손을 강하게 뿌리치며 말했다.

"분명히 안 된다고 말했어."

도온도 질 수 없다는 듯 리온을 노려보며 대답했다.

"나도 쫓아갈…."

그때 리온은 오른손을 올려 동생의 뺨을 강하게 후려쳤다.

불굴의 심장

"쫓아오지 말라고 했지!"

방금까지 울고 있던 도온은 붉어진 뺨에 두 손을 가져다 대고 아무 말도 내뱉지 못했다. 리온도 큰 소리를 내뱉고 놀랐는지 눈동자가 떨리기 시작했다. 그는 태어나서 처음으로 동생에게 큰소리를 냈다.

"너 같은 바보가 날 따라오면 방해만 될 게 뻔하다고! 알겠어?"

도온의 눈에선 눈물이 멈춰 있었다. 할머니는 도온을 달래주기 위해 그에게 다가와 어깨를 살포시 감싸 안아 주었다.

이후 리온은 다시 몸을 돌려 뒤도 돌아보지 않고 해가 떠오르고 있는 동쪽으로 달려나가기 시작했다. 그는 발이 보이지 않을 정도로 빠르게 달리며 속삭였다.

"이렇게 해야만 해!"

리온이 도온을 향해 내뱉은 말은 진심이 아니었다. 하지만 최고의 사냥꾼이 되려면 힘든 여정을 떠나야 하기에 큰 소리를 냈어야만 했다.

아직도 뺨을 어루만지며 멀뚱히 서 있는 도온은 그를 쫓아오지 않았다.

심장이 튀어나올 정도로 빠르게 뛰고 있는 리온은 하

염없이 흘러나오는 눈물을 주체할 수 없었다. 마지막으로 내뱉은 말을 듣고 놀란 동생의 표정이 계속 떠올라 가슴이 찢어질 것 같았다. 리온은 흔들리는 마음을 잘 다스리기 위해 앞으로 달리며 조용히 말했다.

"조금만 기다려 줘 반드시…. 돌아올게!"

5. 쫓겨난 리온

얼마 지나지 않아 리온은 집에서 먼 곳까지 뛰어왔고 더 뛴다면 심장이 터져버릴 것 같아 숨을 헐떡이며 속도를 늦췄다. 이후 몇 시간을 더 앞만 보며 걸어가자 라트가 말한 곳을 발견할 수 있었다. 벽 위에는 그가 말한 대로 노란색 깃발도 규칙적으로 꽂혀 있었다.

리온은 노란 깃발을 보며 말했다.

"여기가 라트가 말한 곳 같아."

리온은 입구를 찾느라 둥근 벽으로 둘러싸인 곳을 한 바퀴 돌아야 했다. 잠시 뒤 벽 한쪽에 안으로 들어갈 수 있는 아치형 문을 발견했다. 그는 고개만 불쑥 내밀어 조심스럽게 안을 들여다보았고 사람들이 훈련을 받는 모습을 바라보았다.

그때 사람들 앞에서 팔짱을 낀 채 서 있던 훈련 대장이 문밖에 있는 리온을 향해 터벅터벅 걸어왔다. 그 사람은 어깨와 팔뚝에 마치 둥근 코코넛을 집어넣은 것처럼 근육이 거대했고 피부는 태양에 태우기라도 한 듯 진한 커피색이었다. 등에 하얀 모피로 감싼 손잡이의 거대한 칼을 매달고 있었다.

그는 안을 들여다보고 있는 리온이 훈련 중 도망친 학생이라고 생각했는지 미간을 찌푸린 채 소리쳤다.

"누가 훈련 도중에 밖을 나가나!"

그가 다가오자 리온은 마치 숨바꼭질에서 들켜버린 사람처럼 멋쩍은 웃음과 함께 뒷머리를 긁적거리며 말했다.

"아…. 안녕하세요…?"

앞에 서 있는 거대한 사람은 팔짱을 낀 채 고개를 갸우뚱거리고 말했다.

"처음 보는 얼굴인데?"

리온은 그를 올려다보며 말했다.

"저는 오늘 여기에 처음 왔습니다. 혹시…. 저도 같이 훈련을 받을 수 있나요?"

근육이 너무 커서 터져버릴 것 같은 그가 강하게 손

불굴의 심장

뻑을 치고 대답했다.

"그거야 좋지!"

근육이 울긋불긋한 남자의 이는 설산에 있는 산봉우리처럼 깨끗해 보였다. 리온은 목소리가 우렁찬 그를 당황한 눈빛으로 쳐다보며 말했다.

"정말요? 그럼 안으로 들어가도 되나요?"

구릿빛 피부의 남자는 두꺼운 집게손가락을 치켜들고 말했다.

"좋다! 하지만 명심해야 하는 것이 있다!"

리온은 그의 큰 목소리에 압도당해 저절로 차렷 자세를 하고 답했다.

"그게…. 뭔가요?"

"훈련을 받다가 네가 목숨을 잃어도 책임지지 않는다는 것이다!"

리온은 떨리는 목소리로 말했다.

"아…. 알겠어요. 그럼 들어가도 되나요?"

"어서 들어오렴!"

리온은 얼떨결에 단단한 벽으로 둘러싸여 있는 훈련장 안으로 들어갔다. 내부는 마치 넓은 해변처럼 고운 모래가 깔려 있었고 관중석도 있었다. 얼핏 보면 거대한 투우장 같아 보였다.

리온은 서 있는 사람들의 눈치를 살피며 들어왔다. 그들은 모두 허름한 황토색 옷을 입고 있었다. 훈련을 받고 있던 열의에 찬 학생들의 시선은 리온에게 집중되어 있었다. 마치 잡아먹기라도 할 것처럼 사나워 보였다. 그는 훈련 대장 뒤에 숨듯 달라붙어 걸어갔다.

구릿빛 피부의 훈련 대장이 리온을 보며 말했다.

"내 이름은 가슬이고 이곳에서 블룸 사냥꾼이 되기 위한 전투 훈련을 책임지고 있으니 내 말을 잘 들으면 돼. 일단 너는 저기 키가 큰 친구 옆으로 가서 서면 될 것 같군!"

리온은 가슬 앞에서 허리를 숙이고 말했다.

"저를 받아주셔서 감사합니다. 최선을 다하겠습니다!"

가슬은 그의 등을 툭툭 쳐주었고 리온은 고개를 들어 사람들을 보았는데 단번에 어디로 가야 하는지 알 수 있었다.

가슬이 말한 키가 큰 사람은 마치 두더지가 땅에서 머리를 불쑥 내민 것처럼 훈련받는 사람들 중 머리 하나가 위로 튀어나와 있었다.

리온은 재빨리 키가 큰 학생 옆에 섰고 그의 얼굴을

올려다보며 말했다.

"안녕!"

하지만 키가 멀대같이 큰 학생은 리온을 무시하듯 아무 대답 없이 내려다보았다. 그의 얼굴은 심해에 사는 아귀처럼 양쪽 입꼬리가 내려가 있었고 눈도 먼지 하나 들어가지 않을 정도로 작았다. 그런 그가 리온을 내려다보며 고개를 내저었다.

리온은 다시 그에게 말을 건넸다.

"나는 리온이야. 넌 이름이 뭐야?"

옆에 서 있는 그가 헛웃음을 치고 말했다.

"여기에서 제일 강한 내 이름 에스페르스도 몰라?"

"처음…. 들어보는데? 너는 여기에 온 지 얼마나 됐어?"

에스페르스가 그를 내려다보며 답했다.

"그건 네가 알 필요 없고, 여긴 아무나 올 수 없는 곳인데, 어떻게 기어들어 온 거야?"

리온은 미소를 지으며 말했다.

"라트라는 이름의 멋진 친구가 알려줬어. 여기로 오면 블롭 사냥꾼이 될 수 있도록 훈련을 받을 수 있다고…."

에스페르스는 리온의 입에서 나온 이름을 듣고 주먹

을 꽉 쥔 채 미간을 잔뜩 찌푸리며 말했다.

"너…. 방금 라트라고 했니?"

리온은 고개를 끄덕이며 대답했다.

"라트는 무거운 칼을 능수능란하게 다루는 엄청난 블롭 사냥꾼이야. 나도 그렇게 되고 싶어."

에스페르스는 갑자기 숨을 격하게 내쉬며 말했다.

"그 잘난 척만 하는 녀석은 나한테 한주먹거리도 안 되거든?"

리온은 고개를 저으며 대답했다.

"아니야! 블롭도 순식간에 해치워 버릴 정도였어!"

얼굴이 시뻘게진 에스페르스는 리온을 내려다보며 말했다.

"지금 당장 여기서 나가주면 안 돼? 너의 얼굴만 보면 그 녀석의 얼굴이 떠올라서 기분이 나쁘거든."

리온은 고개를 갸우뚱거린 뒤 대답했다.

"싫어. 나는 열심히 훈련해서 세상에 있는 블롭들을 모조리 없애버릴 거야. 라트처럼."

에스페르스는 두 손으로 머리를 부여잡은 채 눈을 부릅뜨고 말했다.

불굴의 심장

"지금 내 말을 거역하는 거야? 넌 이따 훈련 끝나고 보자…."

그때 훈련 대장 가슬은 학생들 앞에 서서 손뼉을 마주친 뒤 소리쳤다.

"모두 집중! 다시 훈련을 시작하지!"

그 말이 끝나자 모든 학생이 두 손바닥을 맞대고 눈을 부릅떴다. 학생들은 모두 한 사람인 것처럼 똑같이 행동했다. 리온은 얼떨결에 그들을 따라 했는데 무엇을 하는지 알려주지도 않아 눈동자를 이리저리 굴렸다. 그렇게 삼십 분이 흘렀다.

리온은 가만히 서 있는 와중에 속으로 '이것을 언제까지 해야 하는 거지?'라고 생각했고 그렇게 한 시간 넘게 아무도 소리를 내지 않았다. 두 시간이 좀 지나자 가슬이 소리쳤다.

"그만!"

학생들은 모으고 있던 두 손을 힘없이 축 늘어뜨리고 마치 방금까지 죽을힘을 다해 달렸던 사람처럼 숨을 거칠게 내쉬었다.

가슬은 소리쳤다.

"잠시 쉬는 시간을 가지겠다!"

가슬의 말이 끝나자 학생들은 조금 전과 다르게 사람이 북적이는 시장에 온 것처럼 서로 시끄럽게 대화하기 시작했다. 리온도 두 시간 동안 어떤 훈련을 한 건지 정확히 몰랐지만, 가만히 서 있는 것이 힘들다는 것을 처음 알게 되었다.

그때 리온 옆에 서 있던 에스페르스가 가까이 다가왔다. 그의 양옆에는 쌍둥이인 듯 똑같이 생긴 길쭉한 얼굴에 빼빼 마른 학생들이 서 있었다. 쌍둥이 중 한 명은 턱에 커다랗고 둥근 점이 있었다.

에스페르스가 팔짱을 낀 채 소리쳤다.

"야! 새로 들어온 녀석!"

리온은 앞에 다가온 그의 반쯤 감긴 눈을 보고 대답했다.

"나⋯. 말하는 거야?"

"그래 너."

리온은 그와 친해지기 위해 먼저 손을 뻗어 악수를 청했다. 에스페르스는 그의 손을 툭 치고 말했다.

"나랑 대결해서 먼저 쓰러진 사람이 훈련장에서 나가기로 하자."

리온은 미간을 찌푸리며 대답했다.

"갑자기 싸우자고? 나는 여기서 나가고 싶지 않아."

에스페르스는 가냘프게 뜬 눈으로 그를 내려다보며 말했다.

"여기에서 내 말을 듣지 않으면 어떻게 되는지 보여 줄까?"

리온은 겁에 질린 눈으로 그를 올려다보았고 에스페르스는 여유로운 눈빛으로 말을 이었다.

"나는 네가 이곳에 들어올 때부터 마음에 들지 않았으니 나가줬으면 좋겠어. 괜히 이런 훈련 하다가 살려 달라고 애원하지 말고."

리온은 두 주먹을 꽉 쥐고 외쳤다.

"절대 포기하지 않을 거야!"

에스페르스는 양쪽 입꼬리를 올리며 말했다.

"어쭈? 지금 주먹을 쥔 거야? 이제야 싸울 만한 기분이 드는군."

뒤에 서 있는 쌍둥이들은 들고 있던 기다란 목검을 리온과 에스페르스에게 건네주었다.

"먼저 쓰러지는 사람이 여기서 나가는 거다?"

리온은 목검을 어떻게 다뤄야 할지 몰랐다. 훈련장 안에 있던 학생들은 이미 그들 주변에 둥글게 모여들어 구경하고 있었다.

에스페르스는 당황한 듯한 리온의 표정을 보며 말을 꺼냈다.

"그럼 대결을 승낙하는 거지?"

에스페르스 뒤에 서 있던 쌍둥이 중 한 명이 주변에 모여 있는 학생들을 보고 소리쳤다.

"이제 에스페르스랑 새로 들어온 애송이가 대결을 시작하니 구경할 사람은 어서 모여!"

주변에 서 있던 학생들은 넓게 퍼지면서 벽 끝으로 붙었다. 에스페르스는 목검을 치켜들고 입을 씩 벌려 께름칙한 웃음을 지었다. 리온도 어쩔 수 없이 목검의 손잡이를 두 손으로 쥐었다.

그때 에스페르스 뒤에 서 있던 쌍둥이 중 턱에 점이 있는 소년이 소리쳤다.

"이제 대결을 시작합니다!"

에스페르스가 들고 있는 목검을 치켜들어 마치 이불 먼지를 터는 것처럼 리온의 옆구리를 강하게 후려쳤다. 리온은 아무 저항도 해보지 못하고 쓰러져 버렸다.

"으악!!!"

에스페르스는 입 안에 있는 이빨이 전부 보일 정도로

웃으며 외쳤다.

"지금이라도 밖으로 도망가든가!"

흙투성이가 된 리온이 그를 노려보며 소리쳤다.

"절대 나가지 않을 거야!"

리온은 한 손으로 옆구리를 잡고 바닥에 떨어진 목검을 다시 집어 올렸다. 그는 앞에 서 있는 에스페르스를 향해 달려가 목검을 휘둘렀다. 에스페르스는 가소롭다는 듯 그의 목검을 가볍게 옆으로 치고 이마 중심을 강하게 내리쳤다. 리온은 머리뼈가 깨지는 듯한 고통과 함께 뒤로 자빠져 버렸다.

에스페르스는 쓰러진 그를 내려다보며 말했다.

"이런 것도 이겨내지 못하는 데 힘든 훈련을 모두 수행할 수 있다고 생각해?"

에스페르스는 주변에 서 있는 학생들을 보며 소리쳤다.

"모두 나랑 같은 생각이지?"

주변에 서 있던 학생들은 잔뜩 흥분한 에스페르스의 얼굴을 보고 마지못해 고개를 끄덕였다. 리온의 이마에는 밤송이가 하나가 들어간 것처럼 둥근 혹이 불룩 튀어나와 있었다.

그때 리온은 땅을 짚고 힘겹게 일어서며 말했다.

"절대…. 절대 쓰러지면 안 돼…."

리온이 일어나며 하는 말을 듣고 에스페르스는 어금니에 있는 충치까지 다 보일 정도로 입을 크게 벌려 웃고 말했다.

"제발 그랬으면 좋겠네!"

리온은 눈앞이 어지러웠지만, 목검을 두 손으로 들고 달려갔다. 하지만 키가 큰 에스페르스의 눈에 리온의 공격이 너무 느리고 어설펐기에 손쉽게 피할 수 있었다.

에스페르스는 리온의 이마에 다시 목검을 가격했고 같은 부위에 또 맞게 된 리온은 몸을 대자로 뻗은 채 기절해 버리고 말았다.

그는 의식을 잃기 전에 속삭였다.

"정신 차려. 이러면 안 돼…."

에스페르스는 목검을 옆에 툭 던져두고 그가 쓰러진 모습을 손가락질하며 기괴하게 웃었다. 리온이 들고 있던 보자기에선 찐 감자 몇 개가 굴러 땅으로 굴러떨어졌다. 에스페르스는 뭉툭한 감자들을 발꿈치로 지그시 밟아 으깨버렸다. 주변에서 구경하고 있던 다른 학생들은 걱정스러운 눈빛으로 리온을 바라보고 있었다.

에스페르스는 쓰러진 리온이 감자가 든 보자기를 손

에 쥐고 있는 것을 보고 비아냥거리듯이 말했다.

"보자기 안에 있는 감자는 특별히 밟지 않을게. 배고 프다고 하면서 다시 내 눈앞에 나타날 수 있으니까."

그는 쓰러져 있는 리온의 몸에 침을 뱉은 뒤 양옆에 서 있던 쌍둥이들을 한 번씩 보며 말했다.

"이 녀석을 밖으로 끌고 가."

뒤에 서 있던 쌍둥이들은 바닥에 뻗어 있는 리온의 양쪽 어깨를 잡아 몸을 질질 끌어 훈련장 밖으로 내보냈다.

훈련장 안에서 상황을 지켜보고 있던 학생 중 한 명이 말했다.

"에스페르스한테 맞고 쫓겨났으면 다신 돌아오지 못하겠네."

하루 뒤, 리온은 뜨거운 햇빛이 얼굴을 뜨겁게 데우자 눈을 떴다. 그는 얼굴에 묻어 있는 진득한 침을 닦아내고 몸을 힘겹게 일으켰다.

바로 앞에 한 여자아이가 서서 리온을 지그시 바라보고 있었다. 그녀의 눈은 눈동자 없이 검은색이었고 입술은 선홍빛으로 반짝였다. 짧은 단발머리엔 하얀 고양이 모양의 머리핀이 끼워져 있었다.

그녀는 리온이 깨어난 것을 보고 슬며시 입을 열었다.

"안녕?"

리온은 눈을 비벼대며 대답했다.

"아…. 안녕…?"

여자아이의 눈매는 고양이처럼 매혹적이었고 피부는 백옥 같았다.

그녀는 리온을 보며 말했다.

"괜찮아?"

리온은 금세 두 뺨이 붉어졌고 괜히 강한 모습을 보여주기 위해 허리에 두 손을 올린 채 대답했다.

"난 멀쩡해! 너는 이름이 뭐야?"

"아키. 너는?"

"난 리온."

아키는 고개를 끄덕이더니 뒷짐을 지고 말했다.

"키만 멀대같이 크고 못생긴 그 녀석이랑 싸우지 말고 그냥 밖으로 나오지 그랬어."

그녀의 목소리는 나른했다.

리온은 주먹을 불끈 쥐고 대답했다.

불굴의 심장

"절대 그럴 수 없어. 나는 이 세상에 있는 블롭 종족을 없애기 전까지 절대 돌아가지 않을 거야!"

아키는 한 손으로 입을 가린 채 얕은 미소를 짓고 말했다.

"대단한데?"

그때 리온은 방금까지 자신감에 가득 찬 모습과 반대로 갑자기 고개를 푹 숙이고 말했다.

"근데 이제 어디로 가야 할지 모르겠네."

아키는 실망하는 그를 보며 말했다.

"네가 훈련받을 수 있는 장소를 알려줄까?"

"그게 어딘데?"

리온은 아키를 맑은 눈으로 쳐다보았다. 아키는 새하얀 팔을 천천히 올려 한 곳을 가리키고 말했다.

"저기 있는 가장 높은 산 보이지? 저 산꼭대기로 올라가면 아마 너에게 좋은 일이 일어날 거야."

6. 불면증 부엉이

아키는 그 말을 끝으로 몸을 돌려 사뿐히 훈련장 안
으로 들어갔다. 리온은 그녀를 보며 외쳤다.

"저기…!"

하지만 아키는 이미 사라진 상태였다. 리온은 갑자기
나타나 어디로 가야 할지 알려준 그녀를 생각하며 고개
를 갸우뚱거렸다.

"뭐지?"

리온은 그녀가 가리켰던 산꼭대기를 바라보았다. 우
뚝 서 있는 산의 모습은 마치 대머리독수리의 머리처럼
꼭대기 부분에만 나무가 없었다.

그는 아키가 알려준 산꼭대기에 무엇이 있는지 몰랐
지만 일단 그곳을 향해 걸어가기 시작했고 보자기에서

불굴의 심장

감자 하나를 꺼내 한입 베어 물고 말했다.

"아껴 먹으면 일주일은 버틸 수 있을 거야."

한편으로 리온은 그녀가 엉뚱한 장소를 알려준 것은 아닌지 생각해 보았지만, 그녀의 고혹적인 눈빛을 떠올리며 거짓말은 아닐 거라 확신했다.

"저기 있는 산꼭대기로 가라는 말이지…."

리온은 눈앞에 보이는 높은 산을 보며 일주일은 넘도록 올라가야 할 것 같다고 생각했다. 에스페르스의 목검을 이마에 정통으로 맞고 오랜만에 깊이 잔 것 같은 개운한 느낌이 들었다.

리온은 뜨거운 햇살이 내리쬐고 매미들이 쩌렁쩌렁하게 울고 있을 때 쉬지 않고 걸어 아키가 가리킨 산 앞까지 도착했다. 하지만 그는 산속으로 들어가기 전부터 힘이 빠졌다.

"올라갈 수 있는 길이 없잖아!"

산길에는 나무뿌리들이 문어 다리처럼 이곳저곳에 삐져나와 있었고 크고 작은 바위들도 군데군데 놓여 있었다. 하지만 리온은 아키가 한 말을 기억했다.

"강해지기 위해선 여기를 올라가야 한단 말이지."

리온은 어쩔 수 없이 까마득한 위쪽을 한 번 보고 난

뒤 발걸음을 내디뎠다. 그는 산속으로 들어가자마자 두꺼운 나무뿌리에 다리를 걸려 넘어지기도 하고 앞을 가로막는 바위도 넘어가야 했다. 그런데도 그는 다시 집으로 돌아갈 순 없었기에 어금니를 꽉 깨물며 꾸역꾸역 나아갔다.

"도대체 언제까지 올라가야 하는 걸까….

그때 한곳에서 새의 울음소리가 들려왔다.

"끼루룩…. 끼익…."

리온이 그곳으로 다가가 보니 왼쪽 다리가 꺾인 채 날개를 버둥거리고 있는 하얀 새를 발견했다. 새의 몸은 뼈가 앙상하게 드러나 있을 정도로 말라 있었다.

리온은 다급하게 손목 부분의 옷깃을 이빨로 물어뜯은 뒤 새의 다리에 감아주며 말했다.

"많이 아프지? 조금만 참으렴…."

이후 그는 보자기에서 감자 하나를 꺼내 새의 부리 앞에 살포시 놓아주었다. 하얀 새는 허겁지겁 감자를 쪼아대기 시작했다.

리온은 새의 머리를 집게손가락으로 쓰다듬어 주며 말했다.

"계속 보살펴 주고 싶은데 시간이 없어서 이만 가 봐

불굴의 심장

야 할 것 같아. 반드시 회복해서 높은 하늘을 훨훨 날아다니렴!"

리온은 주변에 있는 낙엽을 한곳에 모은 뒤 하얀 새를 위에 살포시 올려놓았다. 그는 걱정스러운 마음을 가진 채 다시 산을 오르기 시작했다.

몇 시간 뒤, 해가 서쪽으로 내려가기 시작했다. 하지만 리온은 자신이 어디까지 올라온 것인지 도무지 짐작할 수 없어 한숨을 내쉬고 말했다.

"아직도 정상이 보이지 않아."

리온은 점점 불안해졌다.

"산을 오르다가 아무도 모르는 곳에서 죽는 건 아니겠지?"

그 후 리온은 몇 시간 동안 땀으로 몸을 적신 상태로 앞만 바라보며 나아갔다. 그가 쉬지 않았음에도 진전되고 있다는 느낌은 들지 않았다.

결국, 리온은 체력이 바닥나 몸이 돌덩이처럼 무거워진 느낌이 들었다. 그는 하루빨리 꼭대기까지 올라가야 한다는 걸 알았지만 몸이 도통 말을 듣지 않았다.

"이러면 안 돼. 어서 꼭대기까지 올라가야 한다고."

리온은 무릎을 마구 내리쳤다. 그런데도 허벅지와 종아리 근육은 단단하게 뭉쳐 앞으로 가지 말라고 신호를 보내는 것 같았다.

"그래. 조금만 쉬자."

리온은 주변을 둘러보며 휴식을 취할만한 장소를 물색했고 다행히 멀지 않은 곳에 몸을 눕힐만한 평지가 보여 그곳으로 이동해 몸을 뉘었다. 그는 바닥에 눕자마자 온몸에 긴장이 풀려 마치 몸 전체를 감싸고 있던 얼음이 깨져버린 것 같은 느낌이 들었다.

그는 푸른 하늘을 바라보면서 이리저리 날아가는 새들을 보며 말했다.

"나도 저 새들처럼 하늘을 날 수 있으면 얼마나 좋을까?"

리온은 눈꺼풀이 점점 무거워져 다시 눈이 감겨왔고 잠을 자려 하진 않았지만, 새들이 청아하게 지저귀는 소리와 시원한 바람들이 그를 스쳐 지나며 몰려오는 피곤함을 참을 수 없었다.

결국, 리온은 그 자리에서 깊은 잠에 빠지고 말았다.

그날 밤이 지날 때까지 그는 깨어나지 않았다.

아침 해가 떠오르기 시작할 무렵, 날아가던 부엉이 한 마리가 누워 있는 리온을 발견하고 눈을 반쯤 감은 채 주변에 있는 나뭇가지에 날아와 앉았다. 살이 통통하게 찐 부엉이의 깃털은 고급스러운 쿠션처럼 수북했다.

부엉이는 리온을 보며 말했다.

"또 우리 영감님을 귀찮게 하려는 녀석이 올라오고 있네."

회색 부엉이는 리온을 산 밖으로 내쫓기 위해 그의 이마 위에 똥을 쌌다. 리온은 갑자기 이마에 차가운 무언가가 툭 떨어지자 깜짝 놀라 눈을 번쩍 떴다.

그는 손으로 만져 보았고 고약한 냄새와 하얗고 진득한 것을 보고 화들짝 놀라 소리쳤다.

"설마… 똥?"

리온은 빠르게 위를 올려다보았고 눈을 동그랗게 뜬 채로 바라보고 있는 회색 부엉이를 발견했다.

"저 부엉이가 내 얼굴에 똥을 쌌어!"

솜이 가득 찬 베개처럼 통통한 회색 부엉이는 날개를 퍼덕이기 시작하더니 날개를 움직여 리온의 얼굴을 마구 때리기 시작했다. 부엉이는 날카로운 발톱으로 그의 얼굴을 할퀴려고도 했다. 영문도 모른 채 공격당하기 시작한 그는 두 팔로 머리를 감싸며 외쳤다.

"나한테 왜 이러는 거야!"

회색 부엉이는 공격을 멈추지 않으며 소리쳤다.

"어서 산에서 내려가!"

"제발 그만해!"

"그럼 이 산에서 당장 내려간다고 말해!"

"그럴 순 없어!"

회색 부엉이는 리온이 말을 듣지 않자 더 격하게 움직이며 날개를 퍼덕였다. 그들 주변으로는 부엉이의 깃털이 날렸다.

리온은 소리쳤다.

"왜 이러는지 알려줘!"

회색 부엉이는 머리를 감싸고 있는 리온을 발톱으로 쿡쿡 찌르며 말했다.

"너는 저 노란 깃발이 달린 훈련장에서 온 인간이지!"

리온은 고개를 끄덕거리며 황급히 소리쳤다.

"맞아!"

리온의 대답을 듣고 회색 부엉이는 더 격분하여 말을 이었다.

"어서 내려가! 우리 영감님을 귀찮게 하지 말고 내려

불굴의 심장

가라고!"

리온은 그의 공격 때문에 고개를 들지 못하고 소리쳤다.

"나는 영감님이 누군지도 몰라. 어떤 여자아이가 이 곳으로 가라 해서 온 것뿐이라고!"

부엉이는 갑자기 모든 행동을 멈추었다.

"뭐?"

회색 부엉이가 공격을 멈추자 리온은 고개를 들고 말했다. 그의 머리는 방금 자다 일어난 것처럼 마구 헝클어져 있었다.

"처음 보는 여자아이가 이 산꼭대기로 올라가면 좋은 일이 있을 거라고 말했어."

부엉이는 두 눈을 크게 뜨고 땅에 내려앉아 말했다.

"혹시 그 여자아이는 고양이 같은 날렵한 눈매에 고운 피부를 가지고 있었어?"

리온은 고개를 끄덕이며 대답했다.

"맞아!"

부엉이는 그리워하는 눈빛으로 하늘을 보며 말했다.

"잘 지내고 있구나. 아키…."

회색 부엉이는 앞에 서 있는 리온의 몸 전체를 훑어보며 조용히 부리를 벌렸다.

"그런데 왜 이런 녀석을 여기에 오라고 한 거지?"

리온은 부엉이가 공격을 멈추자 두 팔도 내리고 앞에 앉아 있는 부엉이를 자세히 바라보았다. 부엉이는 리온이 자신 없는 눈빛으로 자신을 쳐다보자 조용히 말했다.

"허약한 눈빛과 싸움에 소질이 전혀 없어 보이는 녀석처럼 보이는데…."

리온은 혼자 중얼거리는 부엉이를 보고만 있었고 바닥에 있는 나뭇잎으로 이마에 묻은 진득한 똥을 닦아내며 말했다.

"너도 그 여자아이를 알아?"

부엉이는 무심하게 대답했다.

"잘 알지."

그때 뾰로통한 표정을 짓고 있던 부엉이는 머리만 뒤로 돌려 조용히 말했다.

"아무리 생각해도 아키가 저 녀석을 왜 이곳으로 오라고 한 건지 모르겠어."

그때 리온은 중얼거리는 부엉이를 보고 말했다.

"너는 이곳에 사는 부엉이야?"

"그렇다고 볼 수 있지."

리온은 경계를 푼 것 같은 회색 부엉이를 보며 말했다.

불굴의 심장

"나도 갑자기 나타난 여자아이가 나한테 왜 이 산에 올라가라고 한 건지 모르겠어."

부엉이가 그 말을 듣고 놀라 대답했다.

"그럼 넌 여기가 어딘지도 모르고 왔다는 거야?"

리온은 고개를 순진무구한 표정으로 고개를 끄덕거리며 말했다.

"나는 이 산에 뭐가 있는지 전혀 몰라."

부엉이는 다시 머리만 반대쪽으로 돌려 속삭였다.

"정말 이상한데?"

리온은 다시 중얼거리기 시작한 부엉이를 보고 말을 꺼냈다.

"나는 리온이야. 너는 이름이 뭐야?"

"난 레모."

리온은 레모가 자신을 왜 공격한 건지 몰랐지만 메고 있는 바구니 안에 얼마 남아 있지 않은 감자를 꺼내며 조심스럽게 말했다.

"혹시 부엉이는 이런 것도 먹나?"

"그건 감자잖아!"

레모는 리온의 손에 들려 있는 감자를 보자 춤추듯 날개를 퍼덕였고 리온은 부엉이가 감자를 보고 격하게 날뛰자 덩달아 놀라 말했다.

"너 왜 그러는 거야? 그 정도로 감자를 싫어하는 거야?"

레모는 리온의 손바닥에 올려져 있는 감자를 발톱으로 푹 찍어 잡은 후 바닥에 떨어뜨려 허겁지겁 먹기 시작했다.

리온은 그를 보며 말했다.

"배가 많이 고팠던 거야?"

리온은 허겁지겁 감자를 갉아 먹는 부엉이를 보고 두 개밖에 남지 않은 감자 중 하나를 꺼내 레모 앞에 하나 더 놓아주었다. 레모는 감자를 맛있게 먹고 있을 때 리온이 새로운 감자를 하나 더 내려놓자 그의 얼굴을 올려다보았다.

"이 녀석 다른 인간들과 다르게 친절한데?"

리온도 마지막 남은 감자를 손에 쥐고 하늘을 바라보며 외쳤다.

"감사히 먹겠습니다!"

레모는 리온을 보고 조용히 속삭였다.

"아키가 왜 이곳으로 올라가라고 했는지 조금은 알 것 같아."

불굴의 심장

리온은 레모가 감자를 맛있게 먹는 모습을 흐뭇하게 바라보며 말했다.

"넌 감자를 무척 좋아하는구나?"

레모는 이미 하나를 먹어 치우고 다른 감자를 한입 베어 물고 대답했다.

"그럼! 내가 세상에서 제일 좋아하는 음식이 포슬포슬하게 익은 감자야!"

리온은 부엉이가 감자를 좋아한다는 말을 듣고 고개를 갸우뚱했다. 그는 마치 귀여운 강아지가 밥 먹는 걸 구경하는 것처럼 레모를 보았다. 잠시 뒤 리온은 부엉이를 보며 말을 내뱉었다.

"그런데. 아까 왜 나를 공격한 거야?"

레모는 조금 남은 감자를 입에 몽땅 욱여넣고 대답했다.

"그건 우리 영감님이 산 밖에 사는 사람 중 몇 명만 제외하고 아무도 올라오지 못하게 막아달라고 부탁하셨거든."

리온은 고개를 불쑥 내밀며 말했다.

"영감님?"

레모는 구슬처럼 투명하고 동그란 눈을 여러 번 깜빡이며 대답했다.

"산꼭대기에 영감님이 살고 계셔."

부엉이의 입가에는 감자가 하얗게 묻어 있었다. 레모는 감자를 전부 삼키고 리온을 보며 말했다.

"아키가 너를 이곳에 올라오라고 한 이유가 있을 테니 이제 내가 산꼭대기까지 올라갈 수 있는 길을 알려줄게. 따라와."

리온은 바닥나 있던 체력 상태에서 레모의 말을 듣고 두 눈을 부엉이만큼 크게 뜨며 소리쳤다.

"정말? 고마워!"

리온은 레모가 서 있는 곳으로 달려가 숨이 가득 차 있는 베개를 껴안듯 부둥켜안았다. 레모는 그의 품에서 벗어나기 위해 얇은 다리를 이리저리 흔들면서 힘겹게 말했다.

"이거 놔! 숨이 막힌단 말이야."

잠시 뒤 리온은 레모의 몸을 놓아주었고 그를 따라 앞으로 나아갔다. 부엉이를 따라가는 길도 완만하지 않았지만 혼자 기약 없이 앞으로 나아갈 때와 달리 생기가 돋았다. 리온은 앞에서 가고 있는 레모의 뒷모습을 보며 말했다.

"이제 얼마나 더 가야 도착할 수 있어?"

레모가 대답했다.

"이 속도로 간다면 오늘 해가 지기 전에 도착할 수 있을 거야. 얼마 남지 않았거든."

지금 리온이 서 있는 곳에서 크고 울창하게 자라 있는 나무들이 주변 시야를 가렸기에 지금 그가 어디까지 올라와 있는지 알 수 없었다. 그런데도 리온은 얼마 남지 않았다는 부엉이의 말을 듣고 힘이 생겨 씩씩하게 나아갈 수 있었다.

그때 리온은 레모에 대해 한 가지 궁금한 점이 생겨 주저하다 조심스럽게 물었다.

"혹시 궁금한 게 생겼는데 물어봐도 될까?"

앞서가던 레모는 뒤를 돌아보지 않고 무심하게 대답했다.

"내가 물어보지 말라고 하면 안 할 거야?"

리온은 뒷머리를 긁적거리며 말했다.

"그건 아니지만⋯."

레모가 무심하게 말했다.

"말해."

리온은 코를 벌렁거리며 물었다.

"너는 부엉이인데 왜 해가 있을 때 잠을 안 자고 깨어 있는 거야? 내가 알기로 부엉이들은 밤에 깨어 있고 해가 있을 때 잠자는 것으로 알고 있는데?"

레모는 걸음을 멈추고 눈을 반쯤 감으며 대답했다.

"그걸 알아차렸네. 역시 인간은 부엉이보다 똑똑해…."

리온은 레모가 주눅 들어 하는 모습을 보고 손사래를 치며 말했다.

"대답하기 곤란하면 하지 않아도 돼!"

레모는 고개를 저으며 부리를 벌렸다.

"곤란하지 않아. 단지 난 다른 부엉이들과 다른 것뿐이야."

리온은 그에게 대답하지 말라고 했지만, 그가 다른 부엉이들과 다르게 낮에 활동하는 이유를 알고 싶었다.

레모는 한숨을 내쉰 후 말을 꺼냈다.

"사실 나는 어렸을 때부터 불면증이 있었어."

리온은 미간을 찌푸리고 입을 동글게 오므리며 말했다.

"불면증?"

주눅이 든 부엉이는 리온을 쳐다보지 않고 앞으로 나아가며 말을 이었다.

"맞아. 불면증이 있어서 원래 온종일 잠을 못 자다가 어

불굴의 심장

느 날부터 아침에 일어나 밤에 자는 습관이 생겨버렸어."

리온은 레모가 낮에 깨어 있는 이유를 듣고 풀이 죽어 있는 그의 뒷모습을 바라보았다. 부엉이는 조용히 말했다.

"그래서 나한테 친구가 없어."

리온은 부엉이 곁으로 다가가 끌어안고 외쳤다.

"그럼 내가 너의 친구가 되어주면 되겠네!"

레모는 친구가 되자고 말하는 리온의 맑은 눈을 본 순간 눈물이 찔끔 나왔다. 레모는 리온을 보며 부리를 벌렸다.

"친구가 되어주겠다고?"

리온은 당연하다는 듯 고개를 끄덕이며 대답했다.

"그럼!"

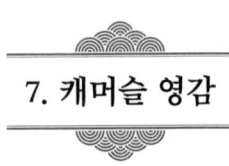

7. 캐머슬 영감

"넌 부엉이가 아니잖아."

리온은 어깨를 들썩이며 답했다.

"반드시 부엉이끼리 친구가 되라는 법이 있어? 당연히 우리도 친구가 될 수 있지!"

"그럼…. 나도 친구가 생긴 거야?"

"물론이지!"

그들은 쉼 없이 앞으로 나아갔고 얼마 지나지 않아 작은 초가집 하나를 발견할 수 있었다. 산꼭대기에 있는 초가집은 마치 무인도에 홀로 남겨진 사람이 나뭇가지를 모아 만든 것처럼 허술해 보였다.

리온은 두 팔을 하늘 위로 쭉 뻗고 소리쳤다.

"정상에 도착했어!"

불굴의 심장

레모는 초가집 주변에 있는 나무 위로 올라가 말했다.

"이제 캐머슬 영감님을 뵈러 가봐."

리온은 이런 초가집 안에 자신을 강하게 만들어 줄 사람이 있을 거라고 전혀 생각하지 않았지만, 집 앞까지 다가가 조심스럽게 말을 꺼냈다.

"저…. 안에 계세요?"

리온은 조금이라도 목소리를 크게 낸다면 앞에 있는 집이 무너질 수 있겠다고 생각했다. 집 안에서 아무 대답도 들려오지 않았고 인기척도 없었다.

리온은 주변을 서성이며 말했다.

"혹시 안에 계신가요?"

나뭇가지를 이어 만들어진 집은 창문도 없었기에 안을 들여다볼 수도 없었다. 그때 그는 초가집 안으로 들어가는 문이 열려 있는 것을 보고 속삭였다.

"들어가도 되려나?"

그는 무례한 행동이라는 것을 잘 알고 있었지만 계속 기다릴 수는 없었기에 열려 있는 문으로 다가가 말했다.

"안에 누가 있는지만 확인해 보자."

리온은 고개만 불쑥 내밀어 초가집 안을 들여다보았다. 집 안에는 고작 사람 한 명이 누울 수 있을 만큼의

좁은 공간에 바짝 마른 나뭇잎들만 쌓여 있을 뿐 아무
것도 없었다.

리온은 안으로 들어갔다.

"실례하겠습니다."

그가 초가집 안으로 들어가자 바닥에 붉은색 물이 가
득 담긴 컵 하나가 놓여 있었다. 마침 목이 너무 말랐던
그는 컵을 들어 냄새를 맡았다.

"이건 분명 산딸기 냄새야."

리온은 컵에 담겨 있는 것을 전부 마셔버렸다. 입안에
퍼지는 새콤함과 달콤함 때문에 침이 뿜어져 나왔다.

"정말 맛있잖아!"

그는 컵을 바라보며 입맛을 다시고 주변을 두리번거
렸다. 한참 동안 초가집 내부를 둘러본 리온은 다시 밖
으로 나와 회색 부엉이에게 가려 했다. 그런데 나무 위
에 올라갔었던 레모는 사라진 상태였다.

"집으로 돌아갔나?"

리온은 홀로 밖으로 나와 구름이 뭉게뭉게 피어 있는
맑은 하늘을 바라보며 숨을 크게 들이마셨다.

"얼마나 오랜만에 보는 푸른 하늘인지!"

그렇게 리온은 정처 없이 돌아다니고 있는 와중에 멀

불굴의 심장

리서 보이는 사람을 발견하고 잘못 보고 있는 것은 아닌지 두 눈을 비벼댔다.

그 사람은 바위 위에서 정수리만으로 균형을 잡으면서 몸 전체의 중심을 유지하고 있었다. 두 손바닥을 모은 채 눈을 감고 있었다.

리온은 눈을 크게 뜨고 말했다.

"어떻게 저게 될 수 있지?"

그 사람의 머리는 타조알처럼 반들반들했고 옷차림은 군데군데 구멍이 뚫려 있었다. 바지 곳곳은 엉성하게 꿰맨 자국이 많이 보였다.

리온은 바위 위에서 신기한 자세를 유지하고 있는 노인을 향해 천천히 다가가 말을 건넸다.

"안녕하세요…?"

하지만 그는 리온의 말을 듣고도 아무 대답을 하지 않았다.

리온은 그의 모습을 앞에서 보고 한 번 더 놀랄 수밖에 없었다. 노인은 입을 벌린 채 코를 골면서 깊은 잠에 빠져 있었다. 그가 입을 벌릴 때마다 위에 있는 앞니 두 개가 빠져 있는 것이 보였다.

리온은 마른침을 크게 삼키고 다시 말을 꺼냈다.

"혹시 캐머슬 영감님?"

이번에도 대답이 돌아오지 않자 리온은 자는 사람을 깨우는 건 민폐라고 생각했기에 다시 산 정상에서 보이는 경치를 보며 노인이 일어날 때까지 기다리기로 했다. 그때 코를 골고 있던 할아버지는 갑자기 눈을 뜨며 소리쳤다.

"잘 잤다!"

경치를 보려 했던 리온은 깜짝 놀라 움찔거렸다. 정체불명의 노인은 순식간에 바위에서 내려왔다. 그의 정수리엔 붉은 자국이 나 있었다. 리온은 그가 잠에서 깨 바위 아래로 내려온 것을 보고 한걸음에 다가가 외쳤다.

"안녕하세요! 캐머슬 영감님!"

노인은 리온을 보고 순간 놀란 듯한 표정을 지으며 답했다.

"어떻게 여기까지 올라왔지?"

노인의 목소리는 며칠 굶은 사람처럼 힘이 없었다.

"저는 강해지고 싶어 영감님을 뵈러 왔습니다!"

노인은 단호하게 대답했다.

"돌아가라."

리온은 그의 차가운 대답을 듣고 말했다.

"저는 영감님의 도움을 받아 강해지는 훈련을 받기 위해 이곳까지 올라왔습니다!"

노인은 아무 대답 없이 초가집으로 걸어갔다. 리온은 노인의 뒤를 따라가며 말했다.

"고양이를 닮은 여자아이가 이곳에 올라오면 좋은 일이 있을 거라고 말했어요!"

허름한 초가집 안으로 들어온 캐머슬 영감은 그가 뒤에서 쫑알쫑알 말해도 계속 아무 대답을 하지 않았다. 리온은 그를 따라 초가집 안으로 들어왔다.

그런데 지금까지 아무 표정도 없이 노인은 두 눈을 크게 뜨고 갑자기 걸음을 멈추었다.

"내 산딸기즙⋯."

캐머슬 영감은 무언가 큰일이 난 것처럼 비어 있는 컵을 두 손으로 소중히 들어 올렸다.

"내 산딸기즙이 없어졌어!"

뒤따라오던 리온이 조심스럽게 입을 열었다.

"아까 제가 목이 너무 말라 마셨습니다."

노인은 고개를 푹 숙이고 소리쳤다.

"내 산딸기즙! 나는 수행을 마치고 나면 이걸 반드시 먹어야 한다고!"

노인은 자리에 풀썩 주저앉아 두 손으로 머리를 감쌌다. 리온은 격한 반응을 보이는 그를 보고 당황했지만, 그에게 다가가 허리를 숙이고 말했다.

"허락도 없이 마셔서 죄송합니다."

캐머슬 영감은 그의 말이 들리지도 않는지 고개를 숙인 채 혼잣말을 내뱉기 시작했다.

"나는 운이 없는 사람이야. 애초부터 그랬어. 예전에 내가 학생들을 강하게 만들기 위해 훈련장에서 훈련을 시킨 것뿐인데 가혹하게 훈련을 진행했다고   겨났어. 그래 나는 불쌍한 사람이야. 이제 몸도 성치 않아 이 귀한 산딸기를 또 어디서 구한담…."

리온은 캐머슬 영감 앉아 외쳤다.

"제가 산딸기를 따올게요!"

캐머슬 영감은 고개를 불쑥 들어 리온의 눈을 똑바로 바라보며 말했다.

"그게 정말인가?"

"네, 제가 많이 따올게요. 다만, 세상에 있는 블롭들을 전부 잡을 수 있을 만큼 저를 강하게 만들어 주세요."

캐머슬 영감은 자리에서 천천히 일어났고 초가집 밖으로 나가며 말했다.

"뭐 하고 있나. 어서 따라오지 않고."

8. 죽음 또는 도망

리온은 다시 차가운 말투로 바뀐 캐머슬 영감의 모습을 멀뚱히 보았다. 그는 어안이 벙벙한 상태로 노인을 따라 깊은 산속으로 들어갔다.

캐머슬 영감은 길을 걸으면서 아무 말도 하지 않았고 리온도 그저 뒤를 따랐다.

한 시간쯤 지나자 노인은 뒤따라오는 리온을 향해 한마디 툭 던졌다.

"나는 네가 훈련 중에 목숨을 잃어도 아무 책임 지지 않겠다."

리온은 침을 크게 한 번 삼키고 난 뒤 대답했다.

"네…!"

이후 캐머슬 영감은 험악한 산길을 쉽게 나아갔다.

리온은 캐머슬 영감을 보며 말했다.

"혹시 스승님이라고 불러도 되나요?"

노인이 뒤도 돌아보지 않고 답했다.

"그러거나 말거나."

몇 분을 더 나아가더니 노인은 자리에 멈춰서고 입을 열었다.

"도착했다."

리온은 평범한 숲속 같은 곳을 두리번거리며 물었다.

"스승님 이곳에서 어떤 훈련을 해야 하는 건가요?"

스승은 턱으로 앞에 있는 나무를 가리키며 무심히 대답했다.

"여기다."

리온은 캐머슬 영감이 고개를 올려 바라보고 있는 나무 위를 쳐다보았다. 기둥은 아주 두꺼웠다.

캐머슬 영감이 말했다.

"아직도 모르겠다는 건가?"

리온은 아무리 생각해도 나무만 있는 이 산속에서 도대체 어떤 훈련을 할지 몰라 아무렇게나 대답했다.

"혹시 이곳에 무서운 블롭 종족이 나타나는 건가요?"

캐머슬 영감은 한심하다는 듯 고개를 내저었다.

"그럼 이 나무를 부러뜨리라는 건가요?"

캐머슬 영감은 이번에도 아무 말 없이 고개를 저었다.

리온은 아무리 생각해도 어떤 훈련일지 예상되지 않아 캐머슬을 바라보며 말했다.

"아무리 생각해도 모르겠어요⋯."

캐머슬 영감은 한숨을 내쉬고 입을 열었다.

"앞에 있는 나무 꼭대기까지 손을 사용하지 않고 오르는 것이다."

리온은 우뚝하니 서 있는 나무 끝을 올려다보며 말했다.

"장난이시죠?"

캐머슬은 리온을 노려보고 대답했다.

"아직 훈련받을 자격이 안 됐군."

캐머슬 영감은 자리에서 떠나려 했다. 리온은 그의 허름한 옷자락을 붙들어 잡았다.

"죄송해요."

높이 치솟아 있는 나무 꼭대기까지 손을 짚지 않고 올라가는 것은 중력이 존재하는 지구 안에서 불가능한 것이었다.

리온은 고개를 끄덕인 뒤 소리쳤다.

"한번 해보겠습니다!"

노인은 당장 해보라는 듯 고개를 까닥이며 앞에 있는 나무를 가리켰다. 리온은 침을 크게 삼키고 난 후 나무 기둥에 발바닥을 가져다 대보았다. 예상했던 대로 리온은 뒤로 자빠지고 말았다.

뒤에 서 있던 캐머슬 영감은 팔짱을 낀 채, 마치 지루한 연극을 보고 있는 것처럼 아무 반응 없이 넘어진 리온을 쳐다보고 있었다.

리온은 자신을 바라보고 있는 노인을 보고 말했다.

"혹시 시범을 보여…."

캐머슬 영감은 그 말을 듣고 혼자 돌아가려 하자 리온은 다시 벌떡 일어나 외쳤다.

"아니에요! 스스로 해보겠습니다!"

리온은 어쩔 수 없이 나무 기둥에 다시 발을 가져다 댔다. 하지만 손을 짚지 않고 나무 위를 오르는 것은 아무리 생각해도 불가능해 보였다.

이후 그는 셀 수도 없이 넘어지고 또 넘어졌다. 캐머슬 영감은 무력하게 바닥에 누워 있는 리온을 보면서 눈을 껌뻑껌뻑 뜨고 있을 뿐 어떤 조언이나 도움을 주지 않았다.

리온은 넘어지고 도와달라는 듯한 눈빛으로 캐머슬

영감을 쳐다보았지만, 그는 고개를 다른 곳으로 돌렸다.

그때 캐머슬 영감은 나무 위를 쳐다보다가 나뭇잎들 사이에 붉은 열매 하나를 발견했다. 그러자 지금까지 움직이지 않고 가만히 서 있던 캐머슬 영감은 리온이 누워 있는 곳 옆으로 순식간에 달려오더니 나무 기둥 위로 순식간에 뛰어 올라가며 말했다.

"저기 열매가 있어!"

리온은 숨을 헐떡이며 누워 있다가 캐머슬 영감이 지나가자 태풍처럼 강한 바람이 휘몰아치는 것을 느낄 수 있었다. 리온은 캐머슬 영감이 마치 평지를 달리는 것처럼 나무 기둥에 발을 내디디는 것을 보고 입을 벌렸다.

"헉!"

리온은 눈알이 빠질 정도로 크게 떴다. 이후 그는 몸을 일으켜 캐머슬 영감이 손톱 크기의 열매를 집어 사뿐히 내려오는 것을 보았다.

영감은 아무 일 없었다는 듯 손바닥에 있는 작은 열매를 보며 입을 열었다.

"젠장…. 산딸기인 줄 알았는데."

캐머슬 영감은 손에 들려 있는 붉은 열매를 옆으로 휙 던져버리고 다시 서 있던 자리로 걸어갔다. 영감은

리온이 자신을 영롱한 눈빛으로 보고 있는 것을 보며
말했다.

"뭘 그렇게 보는 거냐!"

리온은 영감을 보며 말을 내뱉었다.

"스승님…. 정말 대단해요!"

리온은 나무 기둥을 뛰어서 올라가는 게 가능하다는
것을 직접 보고 손바닥에 묻은 흙모래를 툭툭 털어내며
외쳤다.

"그래! 나도 할 수 있어!"

리온은 재빠르게 뛰어 방금 스승이 했던 것처럼 앞
발꿈치를 나무 기둥에 대고 허리를 숙인 뒤 위로 올라
가려 했다. 그는 아까 한 발짝밖에 내딛지 못했는데 캐
머슬 영감이 올라가는 모습을 따라 하자 세 발짝 위로
올라간 뒤 아래로 떨어졌다.

지금 그의 등에 욱신거리는 고통이 심하게 느껴졌지
만 세 발짝이나 올라갔다는 뿌듯함에 환한 웃음을 지어
보았다. 그는 다시 일어나 스승을 보고 소리쳤다.

"스승님 방금 보셨나요? 세 발짝이나 올라갔어요!"

그런데 조금 전까지 캐머슬 영감이 서 있던 곳에 아
무도 있지 않았다. 리온은 갑자기 사라진 스승이 어디

불굴의 심장

로 갔는지 두리번거렸지만, 그가 다시 돌아오기 전까지 열심히 연습해서 손을 짚지 않고 나무 꼭대기까지 올라갈 수 있는 모습을 보여주고 싶어 속삭였다.

"그래. 이제 가능하다는 걸 알았으니까 내가 노력하기만 하면 돼."

리온은 다시 일어나 나무를 올랐고 땅으로 떨어졌다. 그럴수록 그의 몸은 욱신거리며 고통스러웠지만, 수백 번 떨어지면서 점점 안 아프게 떨어지는 방법도 스스로 알게 되었고 세 발짝까지 가다가 떨어졌던 것이 다시 도전하자 다섯 발짝까지 갔다가 열 발짝까지 올라갔다. 높이 올라가다가 떨어지면 고통도 더 커졌지만, 많이 올라갔다는 생각에 미소를 지으며 말했다.

"이제 조금 있으면 정말 나무 꼭대기까지 올라갈 수 있을 거야."

리온은 밤이 될 때까지 나무에 오르고 떨어지고를 반복했다.

달이 떠오르기 시작하자 회색 부엉이 레모가 발톱에 먹을만한 열매들을 집어 리온이 있는 곳으로 왔다. 레모는 리온의 머리 위에 사과 하나를 떨어뜨리고 말했다.

"이제 하늘이 어두워지니 나는 자러 갈게. 내일 아침

에 보자.”

“고마워!”

그 후 리온은 일주일 동안 같은 행동을 쉬지 않고 반복하며 지냈다. 리온은 꼭대기 바로 밑까지 손을 짚지 않고 올라가 땅에 떨어지고 하늘을 바라보며 자신이 점점 성장하고 있다는 생각에 저절로 미소가 지어졌다. 그때 레모가 날아와 앉아 말했다.

“조금 있으면 나무 끝까지 올라갈 수 있겠는데?”

리온의 얼굴은 일주일 동안 고된 훈련 때문인지 흙이 잔뜩 묻어 있었고 머리도 마치 옷장 밑에서 나온 먼지 뭉치처럼 헝클어져 있었다.

눈을 동그랗게 뜬 레모는 나뭇가지 위에 앉았다. 리온은 다시 일어나 나무 기둥 먼 곳에 서서 뛰어갈 준비를 하며 소리쳤다.

“이번엔 반드시 해낼 거야!”

리온은 두 팔을 빠르게 휘저으며 달렸고 순식간에 나무 기둥에 발을 대고 오르기 시작했다. 한 발짝씩 내디디며 순식간에 열 발짝 넘게 올라갔고 마침내 그는 나무 기둥 꼭대기에 매달려 있는 붉은 열매를 집어 땅 위로 사뿐히 내려왔다. 리온은 바닥으로 내려와 손에 붉은 열매가 들려있는 것을 보고 기뻐서 입에 집어넣어 씹었다.

"악!"

손톱 크기의 열매는 레몬보다 열 배는 더 셨기에 그는 허리를 숙여 입 안에 있던 열매를 다급하게 뱉어냈다. 이후 그는 바닥에 몸을 던지듯 누워 하늘을 바라보았고 목구멍이 보일 정도로 입을 벌려 외쳤다.

"드디어 내가 해냈어!"

그는 바닥에 누워서 헤엄치듯이 팔과 다리를 이리저리 휘저으며 계속 소리쳤다.

"내가 해냈다고!"

그러자 언제 왔는지 모르겠지만 캐머슬 영감이 옆에 서서 그를 내려다보고 있었다. 그는 누워 있는 리온을 보고 무심하게 말했다.

"겨우 그 정도 했다고 좋아하는 거냐. 다음 훈련이 있으니 어서 따라와."

리온은 갑자기 캐머슬 영감이 나타나 놀랐지만, 자신이 불가능하다고 생각했던 훈련을 해냈다는 생각에 벌떡 일어나 말했다.

"스승님 제가 나무 위로 올라가는 것을 보여드릴게요!"

리온은 그에게 자랑하기 위해 빠르게 뛰어올라 나무 기둥에 한 발짝씩 내디뎌 올라갔다. 그는 나무에 열려 있는 빨간 열매 하나를 집어 사뿐히 뛰어내리고 말을 꺼냈다.

"어때요?"

하지만 캐머슬 영감은 이미 그에게서 등을 지고 어디론가 걸어가고 있었다. 노인은 리온이 나무 꼭대기까지 올라가는 것에 전혀 관심이 없어 보였다.

"어서 와라. 시간 없다."

리온은 일주일 동안 쉬지 않고 훈련하여 손을 짚지 않고 꼭대기까지 올라갔지만 캐머슬 영감이 무심히 뒤를 돌아 길을 가는 것을 보며 속삭였다.

"한 번은 봐주시지…."

어쩔 수 없이 리온은 걸어가고 있는 캐머슬 영감의 뒤를 따라가면서 소리쳤다.

"스승님! 같이 가요!"

불굴의 심장

9. 뭐 이런 훈련이 있어!

이번에도 리온은 캐머슬 영감이 어디로 가는지 전혀 알 수 없었다. 리온이 보기에 길이 없는 이 산속의 풍경은 모두 비슷해 보였는데 앞서 걸어가는 영감이 방향을 이리저리 바꾸며 가는 것이 그저 신기했다.

얼마 지나지 않아 그들은 푸릇한 잔디가 발목까지 올라와 있는 곳에 도착했다. 이전과 다르게 주변에 나무가 하나도 없었다.

캐머슬 영감은 잔디 속을 유심히 보더니 고개를 끄덕이며 뒷짐을 진 채 말했다.

"두 번째 훈련 장소는 여기다."

리온은 발목까지 자란 잡초 더미들 사이에서 어리둥절하며 물었다.

"여기선 어떤 훈련을 받는 건가요?"

리온은 그의 주름진 얼굴을 보며 말했지만, 스승은 이번에도 아무 대답 없이 뒤를 돌아 다시 왔던 길을 되돌아가기 시작했다. 리온은 그의 뒷모습을 보고 말했다.

"스승님 그래도 어떤 훈련인지 알려…."

그때 캐머슬 영감은 고개만 살짝 돌린 채 대답했다.

"조금 있으면 어떤 훈련인지 알 수 있을 거야. 이번 훈련 중에 네가 목숨을 잃어도 나는 아무 책임 없다."

리온은 불안감에 휩싸여 고개를 숙이고 속삭였다.

"알겠습니다…."

캐머슬 영감의 모습은 점점 사라졌다. 혼자 남게 된 리온은 푹신한 잔디만 있는 이곳을 걸어 다니며 주변을 둘러보았다.

"도대체 이곳에서 어떤 훈련을 한다는 건지 전혀 모르겠어."

그때 리온은 잔디 사이에서 빠르게 움직이고 있는 무언가를 보았다. 그것은 리온의 발 주변을 이리저리 돌아다니고 있었다. 그 모습은 마치 미끼를 물어버린 물고기가 살고 싶은지 격렬하게 움직이고 있는 것처럼 보였다.

리온은 정신없이 돌아다니고 있는 것을 잡아보기 위

해 허리를 숙이고 천천히 쫓았다. 잔디 속에서 빠르게 움직이고 있는 것은 리온이 다가오는 걸 알고 있는지 더 속도를 높여 움직였다.

"저게 뭐지?"

리온은 잔디 속에서 움직이고 있는 형체가 너무 빨라 잡으려 하다 그만 넘어지고 말았다. 물론 잡초가 발목까지 올라와 있었기에 다행히 큰 상처가 생기진 않았다.

"왜 이렇게 빠른 거야…."

리온은 잔디 속에서 쫄래쫄래 도망가고 있는 형체를 잡기 위해 다시 일어나 쫓기 시작했다. 잔디 속에 숨어 있는 형체는 리온과 대결이라도 하듯이 속도를 높여 움직였다.

결국, 리온은 잽싸게 도망가는 형체를 잡지 못하고 바라보았다. 그러자 잔디 속에서 움직이던 형체도 멈추었다.

그때 리온은 조심스럽게 움직이며 앞으로 팔을 뻗었다.

그때 잔디 속에 있던 형체는 갑자기 리온의 얼굴을 향해 정면으로 뛰어올랐다. 리온은 갑작스러운 공격에 뒤로 자빠져 버렸다.

그는 시뻘게진 코를 두 손으로 부여잡은 채 소리쳤다.

"으악!"

잔디 속에서 갑자기 뛰어오른 형체는 쓰러진 리온의 배 위에 서 있었다. 리온은 자신이 잘못 보고 있는 것은 아닌지 두 눈을 비벼댔다.

그의 배 위엔 손바닥 크기의 다람쥐처럼 생긴 동물이 서 있었다. 온몸은 갈색 털로 뒤덮여 있었고 꼬리엔 검은 줄무늬가 있었다. 조그마한 동물의 손엔 붉은색의 권투 글러브가 끼워져 있었다.

당황한 리온은 떨리는 목소리로 말했다.

"뭐… 뭐야…."

그의 배 위에 서서 두 주먹을 번갈아서 뻗어대고 있던 동물이 허리에 손을 올리고 말했다.

"난 캐머슬 영감님이 지키고 계신 이 산속에서 훈련하고있는 불 주먹 스컹크다!"

리온은 코를 어루만지며 말했다.

"스컹크였어…."

손바닥 크기의 스컹크는 허리를 꼿꼿이 세운 채 말했다.

"어서 일어나지 못해?"

그때 스컹크는 뒤를 돌아 꼬리를 높게 들어 올렸다. 잠시 뒤 고약한 냄새가 그들 주변을 뒤덮기 시작했다.

불굴의 심장

그 냄새는 마치 썩어버린 생선의 냄새처럼 고약했다.

눈앞이 어지러워진 리온은 몇 초 지나지 않아 뒤로 쓰러지며 기절해 버렸다.

빨간 글러브를 낀 스컹크는 리온의 양쪽 뺨을 계속 때리면서 소리쳤다.

"겨우 이 정도 가지고 기절한 거야? 빨리 일어나!"

리온은 정신이 희미한 상태로 말했다.

"무엇을 하면 되는데?"

스컹크가 기다렸다는 듯이 외쳤다.

"블롭 사냥꾼이 되기 위해 십 분 동안 숨을 참는 수련을 할 거야!"

리온은 미간을 찌푸린 채 대답했다.

"시… 십 분?"

스컹크는 그의 몸에서 뛰어내린 뒤 양쪽 주먹을 앞으로 뻗어대며 말했다.

"대부분의 블롭들은 고약한 악취를 풍기지. 십 분 동안 숨을 참고 싸울 수 없다면 넌 사냥꾼이 될 자격이 없다!"

리온의 양쪽 콧구멍에서 흘러내리는 피를 닦아내고 천천히 몸을 일으키며 말했다.

"그럼 어떻게 해야 하는데?"

스컹크는 가슴을 펴고 답했다.

"따라해 봐. 먼저 네가 들이마실 수 있는 숨을 최대한 천천히 들이마시는 거야. 끝이라고 생각이 들면 눈을 감고 평온한 바다에 왔다는 생각을 하면서 숨을 참는 거지."

리온은 그의 말대로 해보았지만 삼십 초 정도 지나자 얼굴이 시뻘게진 상태로 기침을 해대기 시작했다.

"캑! 캑!!"

스컹크는 그를 한심한 눈빛으로 보고 고개를 저으며 말했다.

"이 친구는 블롭 사냥꾼이 될 인제가 아닌가 보군."

그때 리온이 조그마한 스컹크를 잡고 말했다.

"아니야. 반드시 해낼 거야…."

이후 리온은 매일 불 주먹 스컹크가 알려준 방법을 이용해 연습했고 점차 숨을 참는 시간이 늘어갔다.

그럴 뿐만 아니라 몸통만 한 돌덩이를 등에 진 채 산을 뛰어다니거나 근육 운동을 했고 스컹크에게 주먹에 힘을 실어 뻗는 방법도 배웠다. 그는 하루도 빠짐없이 수련했다.

불굴의 심장

자그마치 육 개월이 흘렀다. 리온의 몸은 근육질로 바뀌었고 얼굴도 어엿한 소년으로 변해버렸다. 그는 불주먹 스컹크가 가르쳐 준 방법으로 이제 숨을 오래 참는 것이 나름 익숙해져 있었다. 그날도 어김없이 스컹크는 다시 꼬리를 치켜들었고 주변은 고약한 냄새로 가득 채워졌다.

리온은 지금까지 연습했던 것을 기억하며 숨을 참았다. 잠시 뒤 스컹크가 내뿜어 낸 고약한 냄새는 바람과 함께 사라졌다. 레모는 십 분이 지났는데도 리온이 눈을 감은 채 가만히 서 있자 그에게 날아가며 소리쳤다.

"기절하지 않았어! 냄새가 사라질 때까지 숨을 참았다고!"

그제야 리온은 천천히 눈을 뜨고 희미한 미소를 지었다.

스컹크는 그를 보며 속삭였다.

"이 녀석은 지금까지 봐왔던 녀석들과 달라…. 육 개월 동안 지옥 같은 훈련을 불평 없이 매일매일 했고 숨을 오래 참는 방법까지 터득했어."

그때 그들이 서 있는 땅이 흔들리기 시작했다.

리온은 주변을 바라보며 말했다.

"이건 어떤 훈련이야?"

스컹크는 빠르게 고개를 저으며 대답했다.

"아니야! 이제 내가 준비한 훈련은 없다고!"

그때 레모가 날개로 오르막길 쪽을 가리키며 외쳤다.

"저길 봐! 거대한 돌이 굴러떨어지고 있어!"

산 위에선 리온의 몸집보다 두 배 더 커 보이는 돌덩이가 나무를 부숴대며 떨어지고 있었다.

레모는 날개를 퍼덕이며 소리쳤다.

"어서 피해!"

스컹크가 고개를 저으며 대답했다.

"안돼…. 내가 살고 있는 이 잔디밭이 모두 눌려버릴 거야!"

그때 리온은 돌덩이가 굴러오는 곳을 향해 천천히 발을 내디뎠다.

레모는 그를 보고 외쳤다.

"리온! 뭐 하는 거야!"

스컹크는 리온의 뒷모습을 보고 속삭였다.

"설마…. 저 커다란 돌덩이를 멈추게 하려는 건가?"

이제 가속도가 붙은 돌덩이는 아주 빠른 속도로 굴러왔고 리온은 두 눈을 감았다.

레모는 날개로 동그란 두 눈을 가리고 소리쳤다.

불굴의 심장

"저 바보 같은 녀석!"

이제 돌덩이는 코 앞까지 왔고 리온은 눈을 부릅떴다. 그는 주먹을 꽉 쥐고 돌덩이를 향해 오른팔을 힘껏 뻗었다.

리온이 뻗은 팔 주변엔 반짝이는 비단을 가진 용의 형상이 보이기 시작했고 그 용은 돌덩이를 향해 입을 벌린 채 뻗어갔다.

잠시 뒤 리온의 주먹 모양으로 바위 중심에 구멍이 뚫려버렸고 빠르게 굴러오던 돌덩이는 잔디밭 바로 앞에서 멈추었다.

10. 다시 돌아온 훈련장

리온은 주먹을 뻗은 채 숨을 거칠게 내쉬었다.

레모는 그에게 날아가며 말했다.

"너…. 내가 생각했던 것보다 대단한 인간인데?"

리온은 슬며시 눈을 뜨고 거대한 돌덩이 중심에 주먹 모양으로 구멍이 뚫려 있는 것을 바라보았다.

그는 두 손을 번갈아 보며 말했다.

"내가 이 돌을 부서뜨린 거야?"

"네가 돌덩이를 멈춘 것도 모르는 거야?"

"이 정도까지인 줄 몰랐어. 갑자기 큰 돌덩이를 부실 수 있겠다는 자신감이 생겼어. 이유는 나도 잘 모르겠지만."

멀리서 몰래 지켜보고 있던 캐머슬 영감은 리온의 주

불굴의 심장

먹에서 황금빛 용의 형상이 나타난 것을 보며 희미한 미소를 지었다.

회색 부엉이는 아직도 두 주먹을 신기한 보물처럼 보고 있는 리온 옆에서 소리쳤다.

"어서 산꼭대기로 올라가 영감님께 말하자!"

리온은 스컹크에게 달려가 무릎을 꿇고 절을 하며 말했다.

"나를 이렇게 강하게 만들어 줘서 고마워."

빨간 글러브를 낀 스컹크는 허리에 두 손을 올린 뒤 가슴을 펴고 말했다.

"다음에 만날 때는 어엿한 멋진 사냥꾼이 돼서 돌아와야 해. 난 더 강해지기 위해 다른 수련 장소로 갈게."

스컹크는 산속 어딘가로 뛰어가 사라져 버렸다.

리온과 레모는 재빨리 산 위로 올라가기 시작했다. 얼마 지나지 않아 리온은 눈앞에 보이는 초가집을 향해 달려가며 소리쳤다.

"스승님!"

리온은 천진난만한 어린아이처럼 활기차게 초가집 안으로 들어갔다. 하지만 집 안에 캐머슬 영감은 없었다.

리온은 영감이 매일 명상하는 바위로 가며 말했다.

"역시 저기 계실 줄 알았어."

미리 산꼭대기 위로 올라와 있던 캐머슬 영감은 매일 하던 것처럼 바위 위에서 정수리로만 몸 전체의 중심을 유지한 채 두 손바닥을 모으고 있는 상태였다. 그 주변에는 목화꽃 같은 하얀 날개를 가진 나비들이 날아다니고 있었다.

리온은 그에게 다가가 말했다.

"스승님! 저 살아서 돌아왔어요!"

캐머슬 영감은 슬며시 눈을 뜨고 천천히 내려왔다. 그런데 영감은 모든 훈련을 마치고 돌아온 리온에게 아무 말도 하지 않고 무심하게 집으로 걸어갔다. 캐머슬 영감은 칭찬 한마디 없이 초가집 안으로 들어가 미리 만들어 놓은 산딸기즙을 한 번에 들이켰다.

리온은 기대에 찬 눈빛으로 그를 보며 말을 내뱉었다.

"스승님 이제 전 블롭 사냥꾼이 될 자격이 있는 거죠!"

캐머슬 영감은 팔짱을 낀 채 얕은 한숨을 내쉬고 입을 열었다.

"아직 한참 부족해."

"저는 죽을 수도 있었던 고비들을 모두 넘기고 살아

불굴의 심장

서 돌아왔단 말이에요!"

"겨우 그런 것 가지고 좋아하다니, 어리석군."

캐머슬 영감은 리온을 노려보며 말을 이었다.

"이제 할 일 없으면 다시 내려가."

리온이 답했다.

"여기에 더 있으면 안 돼요?"

캐머슬 영감은 귀찮다는 듯 깊은 한숨을 내쉬고 말했다.

"네가 이곳에 있으면 내 명상에 방해되니 어서 내려가."

리온은 입을 삐죽 내밀고 말했다.

"제가 있어서 불편하셨다면 죄송합니다."

캐머슬 영감은 차갑게 대답했다.

"네가 쫓겨났었던 훈련장으로 다시 돌아가."

리온은 고개를 숙인 채 조용히 입을 열었다.

"하지만 제가 그곳에 돌아가면 다시 쫓겨나고 말 거예요."

캐머슬 영감은 뒷짐을 지고 고개를 이리저리 저으며 대답했다.

"아직도 그런 나약한 생각을 하다니."

리온은 굳은살과 상처로 가득한 주먹을 한참 바라보더니 고개를 끄덕이고 말했다.

"그럼 내일 아침에 내려가도록 하겠습니다."

캐머슬 영감은 아무 말 없이 고개를 끄덕였다. 리온은 그런 스승이 단호하고 무심하게 행동하지만, 진심이 아닌 것을 알고 있었기에 미소를 지으며 그의 뒷모습을 물끄러미 쳐다보았다.

그날 밤 레모는 잠을 자러 산속으로 돌아갔고 리온은 초가집 안에 누워 쫓겨났던 훈련장으로 다시 돌아갈 생각에 기대되는 마음과 걱정되는 마음이 동시에 들었다.

그날 밤은 유독 어머니의 얼굴과 떠나기 전 동생의 표정이 머릿속에 떠올라 쉽게 잠들지 못했다.

"도온은 잘 있겠지?"

그렇게 그는 가족들을 생각하다 어느새 깊은 잠에 빠졌다.

다음날, 리온은 아침 일찍 일어났다. 밝은 햇살과 선선한 바람이 산꼭대기에 불어오는 것을 온전히 느꼈다.

캐머슬 영감은 리온이 일어나기 한참 전부터 바위 위에서 명상하고 있었다.

리온은 그런 노인을 보며 속삭였다.

"스승님은 대단하신 것 같아."

어젯밤 잠을 자러 갔던 레모도 다시 초가집 옆 나무 위에서 리온을 바라보고 있었다. 리온은 이제 산에서 내려가기 전 캐머슬 영감에게 다가갔다.

"스승님…?"

캐머슬 영감은 바위 위에서 내려오지도 않고 조각상처럼 움직이지도 않은 채 완벽한 자세를 유지하며 입을 열었다.

"말하거라."

"이제 떠나도록 하겠습니다."

캐머슬 영감은 리온의 마지막 인사를 듣고 바로 대답하지 않고 오 분쯤 지나 입을 열었다.

"어서 가라."

리온은 절을 하며 소리쳤다.

"지금까지 감사했습니다! 다음에 올 때는 산딸기를 한가득 가져오겠습니다!"

캐머슬 영감은 리온의 모습을 힐끔 보고 대답했다.

"시간 아깝다. 어서 떠나라."

리온은 아쉬움에 천천히 일어나며 말했다.

"저 정말 떠납니다?"

스승은 바위 위에서 내려오지 않고 대답도 하지 않았다. 결국, 리온은 혼자 산 밑으로 내려가기 시작했다. 그는 처음 산에 올라올 때보다 몸이 가벼워지고 단단해졌다는 것을 스스로 느낄 수 있었다.

"뭔가 이상해. 몸이 깃털 같아."

그가 산꼭대기에서 내려가자 바위 위에 있던 캐머슬 영감은 급히 내려와 리온의 뒷모습을 지켜보며 속삭였다.

"지금까지 내 훈련을 끝까지 버텨낸 녀석은 없었는데…."

캐머슬 영감은 입가에 있는 주름이 구겨질 정도로 미소를 지었다.

"대단하군."

리온의 모습이 점점 멀어지자 캐머슬 영감은 초가집 안으로 돌아갔다. 몸이 가벼워진 리온은 올라올 때 오랜 시간이 걸렸지만 내려갈 때는 날다람쥐보다 더 빠르게 나아갔다.

얼마 지나지 않아 그는 산 밑으로 내려와 외쳤다.

"뭐야! 벌써 내려온 거야?"

리온은 노란 깃발이 꽂혀 있는 훈련장으로 발걸음을 내디뎠다. 한편으로 그는 자신을 내쫓은 에스페르스를

불굴의 심장

다시 볼 생각에 마른침을 삼킨 뒤 입을 열었다.

"그 녀석이 또 나를 쫓아내면 어떡하지?"

그는 전보다 더 강해졌다는 믿음 하나만을 다시 생각하며 앞으로 나아갔다.

잠시 뒤 리온은 단단한 벽으로 둘러싸인 훈련장 앞에 도착했고 문 앞에서 고개를 삐죽 내밀어 훈련장 안을 들여다보았다.

이번에도 훈련장 안에 있던 훈련 대장 가슬이 금세 리온을 발견했다. 가슬은 리온이 서 있는 문으로 다가오면서 소리쳤다.

"잠시 쉬는 시간을 가지도록 하지!"

다른 학생들은 가슬이 문 앞으로 다가가자 무슨 일인지 지켜보았다. 훈련 대장은 문 앞까지 와서 리온을 보고 말했다.

"저번에 에스페르스가 짓궂게 굴었다는 이야기를 들었는데 집에 돌아가지 않고 다시 돌아왔구나."

리온이 눈을 부릅뜨며 대답했다.

"당연하죠! 저는 이 세상에 있는 블롭 종족을 전부 없애버리지 않으면 절대 돌아가지 않을 거예요!"

가슬은 리온의 모습이 완전히 달라졌다는 것을 확연

히 느낄 수 있었다.

가슬은 팔짱을 낀 채 리온을 보며 말했다.

"안으로 들어와라. 다만…. 나도 에스페르스의 행동을 저지할 수 없단다. 모든 학생이 에스페르스의 말을 듣고 있어서 내가 그 녀석한테 무슨 말을 했다간 나도 어떻게 될지 모르거든."

리온은 고개를 끄덕이며 대답했다.

"그런 건 신경 쓰지 않으셔도 돼요."

가슬은 어깨에 있는 울룩불룩한 근육들을 움직여 대며 훈련장 안으로 들어갔다. 리온도 긴장된 표정으로 그를 따랐다. 학생들은 리온이 훈련장 안으로 들어오자 웅성거리기 시작했다.

그들 중 한 학생이 말했다.

"저 녀석은 저번에 에스페르스한테 대차게 얻어맞고 밖으로 쫓겨났던 녀석 아니야?"

그 옆에 서 있던 학생이 대답했다.

"그러니까. 겁에 질려 집으로 도망간 줄 알았는데 다시 돌아왔네?"

"참 이상한 녀석인 것 같아. 어차피 다시 쫓겨나게 될

불굴의 심장

텐데."

리온은 학생들의 걱정스러운 시선을 받으며 훈련장 안으로 들어왔다. 가슬은 들어오자마자 말했다.

"네가 서고 싶은 곳에 서라."

"네!"

리온은 훈련장 안에 들어오자마자 눈을 마주친 학생 옆에 섰다. 그의 머리는 마치 몇 년 동안 씻지 않은 강아지 털처럼 뻣뻣해 보였고 양쪽 볼에는 주근깨가 잔뜩 있었다. 그는 특이하게 한 곳만 바라보고 있었다. 리온은 그를 보며 말을 건넸다.

"안녕?"

하지만 멍하니 서 있는 그는 무언가에 홀려 있는 듯 붕어처럼 입을 벌린 채 서 있었다. 리온은 그가 인사를 받아주지 않자 얼굴을 들이밀며 다시 말했다.

"안녕? 나는 리온이야."

그러자 입을 둥글게 벌리고 있던 그가 천천히 대답했다.

"나는 라이츠…."

"잘 부탁해!"

라이츠는 고개를 살짝 끄덕였다.

한편, 리온이 훈련장 안으로 들어온 것을 발견한 에

스페르스는 미간을 구긴 채 양쪽 주먹을 꽉 쥐고 소리 쳤다.

"뭐야. 저 녀석 또 왔잖아!"

그의 양옆에 서 있던 쌍둥이 중 턱에 점이 있는 소년 이 한쪽 입꼬리를 올리며 말했다.

"그러게 말이야. 참 대단하네."

에스페르스는 어금니를 깨문 채 말을 내뱉었다.

"여기서 내 말을 듣지 않으면 어떻게 되는지 이번에 는 확실하게 본때를 보여줘야겠어."

불굴의 심장

11. 주먹에서 용이 보였다!

그때 가슬은 훈련장 전체에 울려 퍼지도록 외쳤다.

"다시 훈련을 시작하지! 모두 두 손을 모아 눈을 감도록!"

모든 학생은 동시에 두 손바닥을 맞대며 눈을 감았다.

가슬은 학생들을 보고 소리쳤다.

"지금 훈련은 블롭을 처리하는 데 아주 중요한 덕목 중 하나인 인내력을 키우는 훈련이다!"

에스페르스는 입을 삐죽거리며 말했다.

"또 재미없는 훈련을 하네. 나는 빨리 블롭 녀석들하고 싸우고 싶어서 몸이 근질거리는데."

리온은 혼자서 숨을 참는 훈련을 했다. 그는 눈을 감고 천천히 숨을 들이마신 뒤 극한까지 가서 숨을 멈추었다.

"읍!"

숨을 참고 뒷머리가 당길 때쯤에 다시 숨을 내쉬며 시간을 보냈다. 리온은 자신이 성장한 것 같다는 뿌듯함에 훈련 중 터져 나오는 웃음을 참을 수 없었다.

몇몇 학생들은 세 시간 동안 서 있는 것을 버티지 못하고 훈련장 밖으로 몰래 도망갔다.

가슬은 그런 학생들을 보고 말했다.

"블롭을 사냥하는 데 인내심은 아주 중요한 덕목인데 고작 세 시간 동안 가만히 서 있는 것도 하지 못하다니."

한참 뒤 가슬은 세 시간이 흐른 것을 확인하고 학생들을 향해 소리쳤다.

"이제 인내력 훈련을 마치겠다!"

꼿꼿이 버티고 있던 몇몇 학생들은 마치 바람 빠진 풍선처럼 몸을 축 늘어뜨리며 주저앉았다. 몇몇은 자신이 힘든 훈련을 버텨냈다는 것에 기뻐 두 손을 번쩍 들어 올렸다. 리온도 조용히 눈을 뜨고 고개를 끄덕였다.

가슬이 소리쳤다.

"쉬는 시간을 가질 테니 모두 움직이도록!"

훈련장 안에 있던 학생들은 마치 둥근 어항 속에 있

는 작은 물고기들처럼 일사불란하게 움직이기 시작했다. 리온도 팔을 하늘 위로 쭉 뻗어 기지개를 켜고 난 뒤 옆을 쳐다보았다.

옆에 서 있는 라이츠는 쉬는 시간이라는 말이 울려 퍼졌음에도 여전히 한 곳만 바라보며 가만히 서 있었다.

리온은 그에게 다가가 말했다.

"라이츠! 지금 쉬는 시간이야."

라이츠는 천천히 고개를 돌려 리온을 쳐다보고 입을 열었다.

"어…."

리온은 뭔가 이상한 그를 보며 고개를 갸우뚱거렸고 잠시 휴식을 취하기 위해 훈련장 한편에 있는 기다란 나무 의자 앞으로 걸어갔다.

그때 커다란 그림자가 그의 앞을 가로막으며 말했다.

"또 왔네?"

리온은 고개를 올렸고 에스페르스가 눈을 가냘프게 뜬 채 내려다보고 있었다.

리온은 높은 곳에 있는 그의 얼굴을 올려다보며 말했다.

"난…. 이 세상에 있는 블롭들을 전부 처리하기 전까지 절대 돌아가지 않을 거야…."

에스페르스는 헛웃음을 치더니 팔짱을 끼고 말했다.

"저번에 그렇게 맞고도 정신을 못 차렸나 본데?"

리온도 주먹을 꽉 쥐고 그를 노려보았다. 에스페르스는 리온이 자신의 눈을 피하지 않고 똑바로 바라보자 이를 아득바득 갈며 말했다.

"그럼 저번처럼 나와 대결해서 먼저 쓰러진 사람이 밖으로 나가기로 하지?"

리온은 잠시 그때가 생각나 아무 대답도 하지 못했다.

"왜? 무서워서 못 하겠지?"

그때 리온은 그의 눈을 보며 답했다.

"그래. 이번에 대결해서 진 사람이 나가기로 하자."

에스페르스 뒤에 서 있던 쌍둥이 중 턱에 커다란 점이 있는 소년이 실실 웃으며 말했다.

"이 녀석은 정말 몸 전체가 부러져야 정신을 차릴 것 같은데?"

에스페르스는 리온이 적극적으로 나오는 모습을 보고 살짝 당황했다. 지금까지 훈련장 안에서 자신에게 대결하자고 말한 사람은 처음이었다. 그는 자존심이 상했는지 옆에 있는 쌍둥이들을 보고 소리쳤다.

"어서 목검을 줘!"

　　　　　　　　　　　불굴의 심장

쌍둥이 중 한 명은 들고 있던 목검을 에스페르스와 리온에게 건네주었다.

에스페르스는 리온을 내려다보며 말했다.

"다시 들어온 걸 후회하게 해줄게."

쌍둥이 중 턱에 점이 있는 그가 소리쳤다.

"모두 주목! 에스페르스와 저번에 쫓겨났다가 다시 돌아온 정신 나간 녀석이 대결한다!"

주변에 있던 학생들은 마치 땅에 떨어져 있는 달콤한 사탕을 본 개미 떼처럼 순식간에 몰려들었다. 모여든 학생 중 한 명이 말했다.

"어떻게 에스페르스한테 대들 수가 있지? 지금까지 에스페르스의 눈독에 들어서 훈련장에 남아 있는 학생은 한 명도 없는데."

옆에 서 있는 학생이 고개를 끄덕거리며 대답했다.

"그러니까. 이번에도 저 허약해 보이는 녀석이 훈련장 밖으로 쫓겨나겠지."

리온은 두 손으로 목검을 치켜들고 에스페르스를 보았다.

에스페르스는 주변에 몰려든 학생들을 보며 소리쳤다.

"모두 잘 봐! 이 녀석이 몇 분 뒤에 울면서 훈련장 밖으로 도망칠 테니까."

그는 리온의 이마를 향해 목검을 겨냥했다. 그때 에스페르스 양옆에 서 있는 쌍둥이가 동시에 소리쳤다.

"대결 시작!"

에스페르스는 순식간에 리온의 이마를 향해 목검을 내리쳤고 리온은 들고 있는 목검으로 그의 공격을 튕겨냈다.

공격을 막아낸 것을 본 에스페르스는 순간 당황했다. 그는 다시 목검을 높게 들어 내리쳤다.

"이 녀석이!"

이번에도 리온은 에스페르스가 휘두른 목검을 막아냈다. 리온은 그가 공격하는 것을 보고 속으로 '왜 이렇게 느려 보이지?'라고 생각했다.

에스페르스는 저번처럼 리온이 이마 한 대 맞고 뻗어버리는 것이 아닌 자신의 공격을 전부 막아버리자 당황했다.

"이거 왜 이래!"

에스페르스는 주변에서 자신을 바라보고 있는 학생들을 힐끔 쳐다보았고 그들의 놀란 듯한 표정을 보았다. 그는 얼굴을 점점 붉혀가며 소리쳤다.

"너의 몸을 부숴버릴 거야!"

잔뜩 흥분한 에스페르스는 목검을 마구잡이로 내리쳤다. 그의 빠른 공격에 당황한 리온은 결국, 옆구리를 맞아버렸다.

"으악!"

에스페르스는 드디어 자신의 공격이 정통으로 들어간 것을 보고 께름칙한 미소를 지으며 외쳤다.

"그래! 이거지!"

주변에 서 있던 학생들도 예상대로 흘러가자 고개를 끄덕였다.

많은 학생 중 한 명이 말했다.

"역시 이번에도 에스페르스가 저 녀석을 훈련장 밖으로 내쫓게 되겠네."

옆에 서 있는 학생이 고개를 끄덕이며 답했다.

"에스페르스도 이 정도로 흥분해서 공격하는 건 처음 보는데? 얼굴도 터질 것처럼 붉어졌어."

에스페르스와 리온의 싸움이 격해지자 주변 학생들의 웅성거리는 소리도 커졌다. 옆구리를 가격당한 리온은 목검을 떨어뜨리고 왼쪽 갈비뼈를 두 손으로 부여잡았다.

에스페르스는 눈을 부릅뜨고 말했다.

"어때? 내가 좀 봐주니까. 이길 것 같았어?"

그는 리온이 서 있는 곳으로 천천히 다가오며 외쳤다.

"지금이라도 살려달라고 애원해 보든지!"

에스페르스 뒤에 서 있는 쌍둥이 중 턱에 점이 없는 소년은 비웃듯 리온을 보며 말했다.

"저 녀석의 뼈를 전부 부러뜨려!"

에스페르스는 두 손으로 잡은 목검을 다시 하늘 위로 높게 올렸다.

숨을 헐떡이고 있는 리온은 옆구리를 잡은 채 소리쳤다.

"이대로 쓰러질 순 없어!"

에스페르스는 악랄한 웃음을 지으며 말했다.

"내 공격을 막아보든지!"

에스페르스는 높이 치켜들었던 목검을 리온의 몸을 두 동강 내버릴 것처럼 힘차게 내리쳤다. 주변에 있는 학생들은 모두 그가 칼을 높이 들자 손으로 입을 틀어막았다. 몇몇 학생들은 리온의 뼈가 부러지는 건 아닌지 눈을 지그시 감았다.

"저 친구 어떡해! 크게 다칠 것 같아!"

그때 구경하고 있는 학생들 사이로 고혹적인 눈을 가

불굴의 심장

진 아키가 슬쩍 나타나 조용히 말했다.

"저 아이는 쓰러지지 않을 거야."

걱정스러운 눈빛으로 리온을 보고 있는 학생이 아키를 보며 말했다.

"그게 무슨 말이야?"

아키는 귓속말을 하는 것처럼 조용히 말을 내뱉었다.

"나는 저 못생기고 키가 멀대같이 큰 남자아이가 더 걱정되는데?"

아키의 말을 들은 학생은 고개를 저으며 말했다.

"저 상황을 보고도 그런 말이 나와?"

아키는 팔짱 낀 채 속삭였다.

"리온은 캐머슬 영감님의 훈련을 모두 이겨내고 왔거든…."

그때 리온은 왼쪽 팔을 들어 그의 목검을 막아냈다. 당황한 에스페르스는 순간 미간을 찌푸리고 다시 내리쳤다. 주변에 있는 몇몇 학생들은 눈을 질끈 감았다. 그때 학생 중 한 명이 크게 소리쳤다.

"저기를 봐!"

리온의 팔 주변으로 황금빛 연기가 스멀스멀 피어오르기 시작했다.

리온은 주먹을 쥐고 그의 눈을 올려다보았다.

"나는 저번처럼 쓰러지지 않아⋯."

리온은 에스페르스의 가슴을 향해 주먹을 뻗었다. 그가 주먹을 뻗자 주변엔 황금색 비단을 가진 용의 형상이 나타났다. 그들의 싸움을 말리려고 다급하게 오고 있던 가슬도 리온의 모습을 보고 자리에 멈춰 멍하니 바라보았다.

에스페르스는 그의 주먹을 목검으로 내려쳐 막아보려 했지만 이미 늦은 상태였다.

"으악!"

결국, 에스페르스는 뒤로 날아가 내동댕이쳐지고 말았다. 주변에 서 있던 학생들은 너무 놀라 두 손으로 입을 가린 채 한동안 움직이지 못했다. 리온을 바라보는 에스페르스의 얼굴은 마치 귀신을 마주치기라도 한 것처럼 눈동자가 흔들리고 있었다.

에스페르스의 양옆에 서 있던 쌍둥이들은 그가 넘어진 곳으로 달려가 어깨를 어루만지며 말했다.

"에스페르스 괜찮아?"

얼굴이 시뻘게진 에스페르스는 주변에서 구경하고 있던 학생들을 보고 소리쳤다.

“뭘 봐! 구경났어?”

잔뜩 흥분한 에스페르스와 시선을 마주친 학생들은 급하게 다른 곳으로 시선을 옮겼다. 그는 옆에서 다독여 주고 있는 쌍둥이들의 손도 뿌리친 뒤 외쳤다.

“저리 꺼져!”

에스페르스는 엄청난 수치심에 벌떡 일어나 훈련장 밖으로 뛰쳐나갔다. 그는 달려가면서 리온을 보고 소리쳤다.

“조금만 기다려. 내가 언젠간 너를 죽이러 다시 돌아올 거니까!”

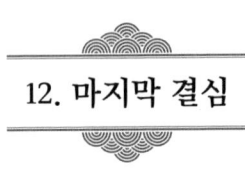

12. 마지막 결심

아키는 고혹적인 미소를 짓고 고개를 끄덕였다. 에스페르스가 밖으로 뛰쳐나가자 훈련장 내부엔 잠시 정적이 흘렀다. 학생들은 매일 자신감에 넘치고 세상에서 가장 강한 사람처럼 행동했던 에스페르스가 도망가자 당황할 수밖에 없었다.

에스페르스를 달래주던 쌍둥이들도 얼어붙기라도 한 듯 입을 벌린 채 가만히 서 있기만 했다. 리온은 감고 있던 눈을 지그시 떴다.

그때 훈련 대장 가슬은 리온이 서 있는 곳으로 다가와 말했다.

"자네, 이름이 뭐라고 했나."

리온은 멀뚱히 서서 대답했다.

불굴의 심장

"리온입니다."

가슬은 방금 리온의 엄청난 모습이 잊히지 않는 듯 손깍지를 끼고 말했다.

"일주일 뒤 블롭 사냥꾼 자격시험에 참여해 줄 수 있겠나?"

리온은 그의 말을 듣고 맑은 눈빛으로 그를 보며 대답했다.

"정말이에요? 저는 아직 여기에 온 지 얼마 안 됐는데…."

훈련 대장 가슬은 엄지를 올리고 말했다.

"일주일 뒤에 이곳에서 보자고. 너는 훈련이 필요하지 않아."

가슬은 그 말을 하고 돌아갔다. 그의 등 근육은 마치 거대한 포대 자루에 동그란 구슬을 여러 개 넣어놓은 것처럼 보였다. 가슬은 돌아가며 혼자 속삭였다.

"방금 그 모습은 캐머슬 영감이 사용했던 능력인데…."

이후 정적의 시간이 끝난 훈련장 안에서 학생들의 웅성거리는 소리가 끊이지 않았다. 리온은 갑자기 주변에 있는 사람들이 자신을 바라보고 있자 양쪽 뺨이 붉게 달아올랐다. 그때 리온을 구경하고 있던 학생 중 한 명이 뛰쳐나와 소리쳤다. 그의 키는 리온의 어깨만큼 올 정도로 작았고 머리는 밤톨처럼 크고 둥글었다.

"방금 엄청났어!"

리온은 처음 보는 그가 환하게 웃으며 앞에 서 있는 것을 보고 어떤 반응을 해주어야 할지 몰라 당황했다.

"고…. 고마워."

리온 앞까지 달려온 밤톨 머리는 말했다.

"이제부터 너의 팬이 되도 될까?"

리온은 그 말을 듣고 두 손을 가슴에 모아 대답했다.

"뭐라고?"

앞에 서 있는 밤톨 머리가 한껏 상기된 얼굴로 말했다.

"내 이름은 바너스야. 이제부터 너의 팬이 되고 싶어."

"내…. 팬이 되겠다고?"

바너스는 눈을 빠르게 깜빡이며 고개를 끄덕였다. 리온은 그가 무슨 말을 하고 있는지 모르겠다는 듯 고개를 저으며 말했다.

"나는 노래를 잘 부르거나 사람들을 웃기는 재주가 없는데?"

불굴의 심장

바너스는 리온 앞에서 두 손을 모으고 말했다.

"에스페르스를 쫓아내 줘서 고마워. 사실…. 나도 매일 그 녀석한테 괴롭힘을 당하고 있었거든."

리온이 바너스의 어깨에 손을 올리며 말했다.

"그 녀석이 어디로 갔는지 모르겠지만 이제 걱정하지 않아도 될 거야. 내가 있잖아!"

바너스가 눈에서 별이 튀어나올 정도로 리온을 바라보며 말했다.

"아까 에스페르스 배에 주먹을 뻗을 때 나타났던 황금색 용은 정말 환상적이었어!"

리온은 뒷머리를 긁적거리며 답했다.

"별거 아니야!"

그때 리온 주변을 둘러싸고 있는 다른 학생들도 점점 가까이 다가왔다. 많은 학생 사이에서 많은 소리가 들려왔다.

"에스페르스를 쫓아줘서 고마워!"

"너는 우리의 영웅이야!"

한순간에 리온은 훈련장 안에 있는 학생들에게 주목을 받으며 붉어진 두 뺨이 원래 색으로 돌아오지 않았다. 사람들 사이에 서 있는 아키는 부끄러워하는 리온을 바라보고 고혹적인 눈웃음을 치며 속삭였다.

"귀엽네."

에스페르스를 돕던 쌍둥이 중 턱에 점이 있는 아이는 리온한테 모든 학생이 몰리자 이를 아득바득 갈며 소리쳤다.

"저 녀석…. 전보다 강해졌어."

턱에 점이 없는 소년도 주먹을 쥐고 말했다.

"근데 에스페르스는 어디로 간 거야?"

"금방 돌아올 테니 기다리고 있자."

그날 밤, 리온은 캐머슬 영감에게 이 소식을 전하기 위해 훈련장 밖으로 나왔다.

그때 아키가 리온 앞에 나타나 말했다.

"아까 멋있었어."

리온은 유령처럼 나타난 그녀를 보고 한걸음에 다가가 대답했다.

"모두 네 덕분이야. 나에게 산꼭대기로 가라는 말을 해줘서 캐머슬 영감님을 만날 수 있었어."

아키는 한 손으로 입을 가린 채 눈웃음을 보이며 대

불굴의 심장

답했다.

"난 조언만 해줬을 뿐이야. 네가 캐머슬 영감님의 힘든 훈련을 모두 버텨낸 게 대단한 거야. 일주일 뒤에 보자."

"저기…!"

리온은 그녀와 대화를 더 나누고 싶었지만 아키는 다시 아무 일 없었다는 듯 뒤를 돌아 훈련장 안으로 들어갔다.

"언젠가는 아키랑 더 친해질 수 있겠지?"

리온은 허리가 굽어진 초승달이 있는 하늘을 올려다보며 말했다.

"어머니…. 제가 점점 더 강해지고 있는 것 같아요. 블롭 사냥꾼이 되는 모습을 지켜봐 주세요."

리온은 캐머슬 영감이 사는 산꼭대기로 발걸음을 내디뎠다. 그는 산속에 들어가자마자 주변에 떨어져 있는 나뭇잎들을 대충 모아 그 위에 누워 깊은 잠들었다.

다음 날 아침, 리온은 해가 땅 위로 모두 올라왔음에도 불구하고 깨어나지 못하고 있었다. 그때 레모가 날아와 리온 옆으로 다가왔다. 레모는 그의 가슴 위에 앉아 양쪽 날개로 뺨을 치며 말했다.

"지금이 몇 시인데 아직도 자는 거야!"

리온은 깜짝 놀라며 눈을 부릅떴고 회색 부엉이의 얼굴을 보고 소리쳤다.

"레모!"

부엉이는 리온이 일어나자 그의 옆에 내려앉아 말했다.

"잘 갔다 왔어?"

리온도 몸을 일으켜 기지개를 켜며 말했다.

"너도 그동안 아무 일 없었지?"

레모는 투명한 구슬 같은 두 눈동자를 깜빡이며 한쪽 날개를 펴서 한곳을 가리켰다.

"내가 너를 기다리는 동안 무엇을 했는지 어서 보라고!"

리온은 레모가 가리키고 있는 방향으로 고개를 돌렸다. 그곳에는 새의 둥지처럼 만들어진 바구니 안에 붉은 산딸기가 한가득 담겨 있었다. 리온은 바구니 안에 가득 담겨있는 산딸기를 말했다.

"내가 없는 동안 모으고 있던 거야?"

레모는 두꺼운 눈썹을 들썩이며 의기양양한 말투로 대답했다.

"네가 훈련장으로 돌아가고부터 매일 아침 일찍 바구니를 들고 다니면서 담은 거라고!"

리온은 레모의 몸을 양팔을 벌리고 감싸안았다.

"고마워!"

레모는 그가 숨이 막힐 듯이 껴안자 날개를 퍼덕거리며 말했다.

"이것 좀 놔줄래. 숨이 안 쉬어진단 말이야."

리온은 레모를 놓아주며 말했다.

"안 그래도 내가 산에 올라가면서 산딸기를 한가득 모아가려고 했는데!"

레모는 덤덤하게 말을 꺼냈다.

"저 바구니에 담겨 있는 산딸기들은 네가 모았다고 영감님한테 말해."

리온은 고개를 격하게 저으며 말했다.

"아니야. 네가 모았는데 내가 어떻게 그럴 수 있어."

리온은 산딸기가 가득 담겨 있는 바구니를 들고 레모와 함께 산 위로 올라갔다. 처음 오를 때 벅찼던 험악한 산이 이젠 평지를 걷는 것처럼 오르기 수월했다. 리온과 레모는 점심이 되기 전 산꼭대기에 도착할 수 있었다.

한편, 산꼭대기에 사는 캐머슬 영감은 리온이 산 위로 올라오고 있는 것을 느끼고 나지막이 말했다.

"그 녀석이 오고 있군."

캐머슬 영감은 다시 두 손을 모았다. 그때 노인은 중심을 잃고 바위 아래로 떨어져 넘어지고 말았다. 그는 한 손으로 가슴을 부여잡았다.

"억!"

이후 노인은 연달아 기침해 대기 시작했다.

"콜록! 콜록!"

그의 기침 소리는 마치 화살에 맞아 신음을 내는 멧돼지 소리처럼 범상치 않았다. 캐머슬 영감은 손바닥을 보았는데 붉은 피가 흥건히 묻어 있었다. 그는 태연하게 하늘을 바라보며 말했다.

"이제 하늘에서 나를 부르는 것 같군."

바로 그때 멀리에서 리온이 다가오는 소리가 들렸다.

"스승님!"

리온은 산딸기가 가득 담겨 있는 바구니를 들고 허겁지겁 뛰어오고 있었다. 캐머슬 영감은 손바닥에 묻어 있는 핏자국을 황급히 바지에 닦아냈다. 그는 아무 일 없었다는 듯이 리온이 다가오고 있는 방향에서 반대로 몸을 돌려 괜히 하늘을 쳐다보았다.

"스승님!"

리온은 캐머슬 영감에게 다가와 말했다.

"이것 좀 보세요!"

캐머슬 영감은 슬며시 고개를 돌려 리온을 보았고 그의 손에 산딸기가 가득 담겨 있는 바구니도 보았다. 리온은 스승이 기뻐할 것이라는 반응을 기대하고 그를 바라보았다. 하지만 캐머슬 영감은 그의 예상과는 달리 덤덤했다.

"올라왔으면 쓸데없이 움직이지 말고 쉬어라."

리온은 산딸기가 담겨 있는 바구니를 높이 들어 올리며 말했다.

"제가 이곳에 올라올 때 산딸기를 한가득 가지고 온다는 약속을 지켰어요!"

캐머슬 영감은 무심하게 대답했다.

"집 안에 잘 두어라."

"네…."

리온은 캐머슬 영감 바지에 묻어 있는 붉은 자국을 발견했다.

"스승님 바지에 피가 묻어 있어요!"

캐머슬 영감은 황급히 손으로 붉은 핏자국을 가린 채 말을 더듬었다.

"이건…. 산딸기즙을 만들다가 바지에 묻은 것이니 신경 꺼라."

리온은 눈을 찡그리며 바지에 묻어 있는 붉은 자국을 보았지만 대수롭지 않게 생각했다. 이후 그는 집 안으로 들어가 산딸기가 담겨 있는 바구니를 바닥에 내려놓았다. 리온은 바닥에 앉아 이상하다는 듯 고개를 갸우뚱거리며 혼자 말했다.

"별로 좋아하지 않으시네."

얼마 뒤 캐머슬 영감도 천천히 초가집 안으로 들어왔다. 리온은 산딸기를 컵에 넣고 단단한 돌로 만들어진 절구로 찍으며 산딸기즙을 직접 만들고 있었다. 리온은 영감이 안으로 들어오는 것을 보고 말했다.

"스승님 어서 들어오세요. 제가 직접 만들어 드릴게요."

캐머슬 영감은 기침했을 때 핏자국이 생각보다 많이 나와 그런지 전보다 더 무뚝뚝하게 대답했다.

"그래."

리온은 컵에 산딸기즙을 가득 채워 캐머슬 영감에게 건네주었다. 영감은 바닥에 앉아 리온이 건네준 새콤한

물을 받고 떨리는 손으로 마시기 시작했다. 리온은 전보다 더 수척해진 것 같은 캐머슬 영감의 얼굴을 걱정스러운 눈빛으로 바라보았다. 그는 스승이 산딸기즙을 전부 들이키는 것을 보고 말했다.

"제가 직접 만든 건데 어때요?"

캐머슬 영감은 기대하는 눈빛으로 자신을 바라보고 있는 리온의 표정을 보았다. 그는 지금까지 먹었던 그 어떤 산딸기즙보다 더 달콤하고 새콤해 환상적인 맛이라고 느꼈다. 그런데도 그는 좋지 않은 몸 상태 때문에 최대한 감정을 억누르며 대답했다.

"먹을만해."

리온은 스승이 크게 반응하지 않아도 실망하지 않았다. 그도 자신이 만든 것을 먹어보고 고개를 끄덕이며 소리쳤다.

"역시 맛있어!"

캐머슬 영감은 격하게 반응하지 않았지만 리온이 만들어 준 산딸기즙을 순식간에 마셔버렸다. 리온은 한 방울도 남기지 않고 전부 마셔버리는 그의 모습을 보고 흐뭇한 미소를 지었다. 그는 캐머슬 영감이 빈 컵을 들고 있는 모습을 보며 말했다.

"스승님 할 말이 있어요."

캐머슬 영감은 그가 어떤 말을 할지 미리 알고 있는 듯이 고개를 끄덕이며 대답했다.

"말해봐."

리온은 컵 안에 담겨 있던 산딸기즙을 마시고 캐머슬 영감을 지그시 보며 말을 내뱉었다.

"일주일 뒤에 블롭 사냥꾼 시험을 보러 가요."

캐머슬 영감은 고개만 끄덕였다. 뒤이어 리온은 훈련 장에서 있었던 일을 말하기 시작했다.

"제가 훈련장에서 한 녀석과 싸우다가 주먹을 뻗었는 데 갑자기 웬 황금색 용이 입을 벌리면서 나타났어요. 그리고 그때 저의 몸이 단단하고 강해지는 느낌이 들었 어요!"

캐머슬 영감은 눈만 깜빡였다.

리온은 그때를 생각하며 말을 이었다.

"저의 모습을 보고 훈련 대장님이 와서 일주일 뒤에 있는 자격시험에 참여해 보면 어떻겠냐고 먼저 물어봤 어요! 그분이 보기에 제가 블롭을 스스로 사냥할 만한 힘이 충분히 있다고 생각했나 봐요!"

캐머슬 영감은 이번에도 고개만 끄덕일 뿐 어떤 조언

불굴의 심장

이나 칭찬을 해주지 않았다. 리온은 그의 반응이 없었지만 계속 말했다.

"고양이를 닮은 여자아이는 저한테 다가와서 멋있다고도 말해줬어요! 그런 기분은 처음 느껴봐요!"

리온은 두 주먹을 쥐고 훈련장에서 있었던 기억을 떠올려 웃음을 지었다. 그런데 그때 캐머슬 영감은 가만히 듣고만 있더니 입을 열었다.

"너는 아직 애송이로구나."

리온은 웃고 있던 표정이 한순간에 시무룩하게 바뀌며 말했다.

"스승님….'

"아직 블롭을 제대로 잡아보지도 못하고 훈련장에서 고작 그런 일을 겪은 것만으로 좋아하는 것을 보면 너는 아직 한참 부족하다는 것을 알 수 있겠구나. 만약 일주일 뒤에 네가 블롭을 잡는 시험에 합격한다고 해도 지금처럼 기뻐하지 말아야 한다."

캐머슬 영감은 말하다가 중간에 기침이 나올 것 같은지 가슴을 부여잡았다.

리온은 그를 걱정하는 눈빛으로 보며 말했다.

"스승님 괜찮으세요?"

캐머슬 영감은 괜찮다는 듯 손을 들어 올린 채 힘없이 대답했다.

"목표를 이루었을 때 그 순간은 세상을 다 가진 것처럼 행복할 수 있다. 하지만 더 중요한 건 그 이후에 너에게 오는 더 큰 고난과 시련들을 견뎌내야 하는 거야. 그러니 너는 어제보다 더 나은 오늘이 되는 것을 더 중요시해야 해."

캐머슬 영감은 숨을 헐떡였다. 리온은 고개를 숙인 채 조용히 답했다.

"제가 너무 들떠 있었어요. 스승님 말이 맞아요."

"일주일 동안 잘 쉬다 가거라."

캐머슬 영감은 천천히 일어났다. 리온은 고개를 숙이고 입을 다물었다. 캐머슬 영감은 피가 섞인 기침이 나올 것 같아 황급히 집 밖으로 나갔다. 그는 리온이 따라오지 않는 것을 보고 참아왔던 기침을 했고 전보다 더 많은 피가 손바닥에 묻어 있는 것을 보았다.

"이제 얼마 남지 않았군…."

불굴의 심장

13. 블롭 사냥꾼 자격시험

리온은 시험을 보기 전 일주일 동안 산꼭대기에서 스승과 함께 지냈다. 캐머슬 영감은 기침할 때마다 피가 나오는 것을 그에게 들키지 않기 위해 목구멍이 간지러울 때마다 집에서 최대한 멀리에 있는 장소에서 기침했다.

일주일이 지나 리온은 시험을 치르기 위해 훈련장으로 떠나야 하는 시간이 다가왔다. 리온은 산꼭대기에서 내려가기 전 명상하고있는 그에게 다가가 말했다.

"스승님 저 이제 내려가 봐야 합니다."

캐머슬 영감은 늘 그랬듯 아무 움직임 없이 대답했다.

"어서 내려가라."

캐머슬 영감은 바위 위에서 내려오지 않고 리온이 빨리 떠나기만 기다렸다. 결국, 리온은 몸을 돌려 산 밑으로 무거운 발걸음을 옮겼다.

아침 일찍 일어난 레모는 리온이 어깨를 축 늘어뜨린 채 산 아래로 내려가는 것을 보고 가까이 날아가 말했다.

"그래도 영감님은 항상 너를 생각하고 있다는 건 알지?"

리온은 고개를 끄덕이며 대답했다.

"맞아. 스승님이 표현은 서툴지만 내가 혼자 살아갈 수 있을 만큼 강하게 훈련 시켜주시고 안전하게 머물 곳도 제공해 주셨어."

리온은 다시 캐머슬 영감을 돌아보았다. 그는 한편으로 스승이 웃으면서 인사를 해주었으면 좋겠다고 생각했지만 그러지 않아 한숨 쉬듯 말을 내뱉었다.

"이제 내려가면 한동안 올라오지 못할 텐데."

옆에 있는 레모가 말했다.

"그래도 기분 상해 하지 마."

리온은 아쉬움을 마음 한곳에 넣어둔 채 밑으로 내려가기 시작했다. 원래 예전 같았으면 빠르게 뛰어 내려가려 했지만, 오늘은 산속 곳곳에 있는 모든 것을 보고 느끼면서 내려가고 싶었다. 그는 계속 뒤를 쳐다보았다. 하지만 캐머슬 영감은 그가 한참을 내려왔을 때도 모습을 보이지 않았다.

리온은 내려가며 계속 중얼거렸다.

"그래도 눈을 보며 인사하고 싶었는데."

리온과 레모는 아무 말 없이 산 밑으로 내려갔다.

그때 캐머슬 영감은 지그시 눈을 뜨고 바위 아래로 내려왔다. 동시에 그의 주변으로 하얀 나비들이 날아왔다. 영감은 바위에서 내려와 리온이 방금 내려간 방향으로 천천히 걸어갔다.

영감은 리온을 조용히 따라가 그에게 들키지 않기 위해 몸을 숨기며 바라보았다. 그때 하얀 나비 중 한 마리가 말했다.

"그래도 이제 블롭 사냥꾼 시험을 보면 한동안 오지 못할 것 같은데 인사라도 하는 게 좋지 않겠어요?"

영감은 고개를 저으며 대답했다.

"저 소년이라면 나를 이해해 줄 거라 믿네. 나는 손발이 오그라드는 행동은 절대 못 하거든."

캐머슬 영감은 리온의 뒤를 몰래 쫓아가며 옆에서 날

고 있는 하얀 나비들에게 말했다.

"내 훈련을 끝까지 버틴 사람은 지금까지 한 명도 없었어."

하얀 나비 중 한 마리가 리온의 뒷모습을 보고 대답했다.

"그러니까요. 지금까지 많은 사람이 이곳에 올라와 훈련을 받고 싶다고 애원했는데 모두 하루 만에 도망치거나 어디론가 사라져 버렸잖아요."

캐머슬 영감은 우아하게 날갯짓하는 하얀 나비를 보며 말했다.

"저 친구는 앞으로 큰일을 해낼 거야."

그런데 그때 캐머슬 영감의 표정이 심각해지더니 떨리는 손으로 가슴을 부여잡고 주저앉았다. 이후 그는 쿨럭거리기 시작하더니 점점 심하게 기침을 하기 시작했다. 그의 손바닥은 피부가 벗겨진 것처럼 붉게 변해 있었다. 옆에 있는 나비 중 한 마리가 엄청난 양의 피를 보고 조급하게 말을 내뱉었다.

"저번보다 피가 더 많이 나오는 것 같은데요?"

캐머슬 영감은 피가 섞인 침을 바닥에 뱉어냈다. 나비는 조급한 듯이 이리저리 날며 말했다.

불굴의 심장

"저 아이가 이곳에 다시 올라올 때까지 살아계셔야 할 텐데요."

캐머슬 영감은 고개를 가로저으며 답했다.

"저 친구는 이제 이곳에 올라오지 않을 거야. 앞으로 더 위험하고 험악한 여정을 떠나게 되겠지."

캐머슬 영감은 산 아래로 내려가는 리온의 모습이 사라지는 것을 보고 다시 산꼭대기로 올라갔다. 그는 올라가면서 무언가를 결심한 듯 고개를 끄덕였다. 하얀 나비는 몸 상태가 급격히 안 좋아진 영감 옆에서 말했다.

"산속에 병을 치료할 수 있는 약제가 분명 있을 테니 얼른 찾아야겠어요."

캐머슬 영감은 고개를 가로저었다.

"그럴 필요 없어."

하얀 나비는 캐머슬 영감의 초연한 말투를 듣고 말했다.

"그럼 이제 어떻게 하시려고요?"

캐머슬 영감은 나비의 말에 대답하지 않고 산꼭대기로 올라가 집으로 들어갔다. 이후 리온이 만들어 놓은 산딸기즙을 천천히 작은 컵에 따랐다. 그는 산딸기즙이 담긴 컵을 들고 밖으로 나와 절벽 끝에 서서 하늘을 바라보았다.

"이 세상이 나를 하늘로 돌아가라 하는데 내가 어찌 거역할 수 있겠나. 순리대로 따라야 하는 거지."

캐머슬 영감은 들고 있는 산딸기즙을 천천히 음미하며 마셨다. 그는 옆에 컵을 내려놓고 다시 하늘을 쳐다보았다.

하얀 나비는 안절부절못하며 말을 내뱉었다.

"그럼 어떻게 하시려고요!"

캐머슬 영감은 아무 말 없이 미소를 지었다. 하얀 나비도 노인이 그렇게까지 크게 웃는 것을 처음 보았다. 노인은 절벽 끝까지 발을 내디뎠다.

나비는 그를 보고 소리쳤다.

"지금 뭐 하시는 거예요!"

캐머슬 영감은 모든 것을 포기한 얼굴로 하얀 날개를 움직이는 나비를 보며 입을 열었다.

"잘 있게나."

하얀 나비가 소리를 내질렀다.

"영감님!"

캐머슬 영감은 흐릿한 미소를 유지한 채 절벽 끝에 서더니 망설임 없이 절벽 아래로 뛰어내렸다. 나비는 몸을 던진 그를 보고 소리쳤다.

불굴의 심장

"안 돼!"

한편, 리온은 활기찬 마음을 가지고 산 아래로 계속 내려갔다. 그는 떨리는 목소리로 옆에서 날고 있는 레모를 보며 말했다.

"오늘 시험에 합격할 수 있겠지?"

레모는 마치 자신이 시험은 보러 가는 것처럼 눈썹에 힘을 주며 대답했다.

"블롭 사냥꾼이 되는 시험은 정말 어려워. 긴장을 늦추면 안 될 것 같아."

리온은 레모를 보고 입을 열었다.

"그래도 가슬이 먼저 시험을 보라고 권유한 걸 보면 나를 괜찮게 보셨다는 거지?"

레모는 리온을 보고 동그란 눈을 반쯤 감으며 대답했다.

"그게 좋은 신호인 건 맞는데 그렇다고 시험에 통과한 건 아니잖아. 오늘 있는 시험에 합격한 사람은 지금까지 수많은 학생 중에서도 몇 명 되지 않아."

리온은 고개를 끄덕였다. 이후 그들은 한참 동안 산속을 걸어 해가 가장 높이 떠 있을 시간에 노란 깃발이 꽂혀 있는 훈련장에 도착했다. 레모는 리온의 경직된 듯한 모습을 보며 말을 건넸다.

"너무 긴장한 거 아니야?"

리온은 마치 얼음물에 들어가 있는 사람처럼 몸을 떨며 말을 내뱉었다.

"이제 시험을 본다고 생각하니 긴장되네."

레모는 웃으면서 말했다.

"너 자신을 믿으라고 바보야!"

리온은 한동안 앞만 보고 있다가 잠시 뒤 지금까지 견뎌낸 시련들을 생각하고 마음을 강하게 먹어야겠다고 생각했다.

"맞아! 나는 꼭 블롭 사냥꾼이 돼서 마을에 사는 가족들이 불안해하지 않도록 만들 거야!"

리온은 활기차게 말하고 양쪽 팔을 열심히 흔들어 씩씩하게 앞으로 걸어갔다. 레모도 다시 활기가 생긴 그를 옆에서 보며 웃음을 지었다.

"맞아. 바로 그게 너지."

리온은 훈련장 앞에 도착했고 그 안에는 저번보다 더 많은 사람이 와 있는 것을 보았다. 어떤 학생들은 부모님이랑 같이 와서 응원을 받고 있었다.

리온은 침을 크게 삼키고 외쳤다.

"뭐야. 저번보다 사람이 훨씬 더 많아졌잖아!"

레모가 훈련장 안에서 북적거리는 사람들을 보고 말했다.

"사람들은 합격하기 힘든 이 시험에 누가 통과하는지보고 싶어 할 거야. 블롭 사냥꾼 시험은 구경만 해도 재밌거든."

리온은 잔뜩 긴장한 채 훈련장 안으로 들어갔다. 레모는 훈련장 안으로 들어가지 않고 문 앞에 서서 말했다.

"그럼 난 돌아가서 산을 지키고 있을게 좋은 소식을 들고 돌아와 줘."

리온은 두 팔로 자신의 어깨를 감싸 떨린 몸을 진정시키면서 대답했다.

"알겠어."

레모는 산으로 돌아갔고 리온은 혼자 훈련장 안으로 들어갔다. 그가 들어가자 몇몇 학생들이 그를 보고 소리쳤다.

"저길 봐! 에스페르스를 쫓아낸 녀석 아니야?"

옆에 있는 그의 친구가 말했다.

"정말이네? 그 친구가 왔어!"

훈련장 안에 있는 사람들은 모두 리온을 보고 웅성거리기 시작했다. 이제 막 훈련장 안으로 들어온 그는 주변 학생들을 보며 속삭였다.

"왜 나를 쳐다보는 거야."

그때 바너스가 학생들 사이에서 나와 소리쳤다.

"몸 상태는 어때?"

리온은 밤톨 같은 그의 머리를 보며 대답했다.

"몸 상태는 괜찮아. 너도 오늘 힘내."

"그래! 우리 같이 힘내보자!"

리온을 보고 있는 몇몇 학생 중에서 이런 소리도 들려왔다.

"저 녀석이 캐머슬 영감의 살인 훈련을 모두 이겨낸 사람이래!"

"정말?"

리온은 그들이 하는 말을 듣고 뒷머리를 긁적거리며 말했다.

"이것 참…. 쑥스럽네."

그러면서 그는 속으로 자신이 정말 힘든 훈련을 이겨냈다는 생각에 흐뭇한 미소를 지었다. 저 멀리에서 에스페르스를 매일 따라다녔던 쌍둥이 형제는 리온 주변으로 학생들이 모이는 것을 보고 말했다.

"저 녀석이 뭐 그리 대단하다고 모여드는 거야?"

턱에 점이 있는 소년이 어금니를 아득바득 갈며 대답
했다.

"저번에 에스페르스의 몸 상태만 좋았어도 저 녀석을
한 번에 쓰러뜨려 쫓아냈을 거야."

그때 훈련장 한쪽에서 울긋불긋한 근육을 가진 훈련
대장 가슬이 훈련장 안으로 들어왔다. 그가 훈련장에
나타나자 모두가 고개를 돌려 그를 쳐다보았다. 가슬은
훈련장 가운데로 걸어오더니 관중석과 훈련장에 있는
사람들을 보고 소리쳤다.

"모두 주목해 주세요!"

그의 목소리는 마치 거대한 항구에서 들리는 뱃고동
소리보다 두 배는 더 컸다.

리온은 그를 보고 조용히 속삭였다.

"이제 시작하나 보네."

훈련 대장 가슬은 다시 소리쳤다.

"시험 보는 학생이 아니신 분들은 관중석으로 이동해
주셨으면 좋겠습니다!"

훈련장 안에 있는 사람들이 모두 움직여 거대한 모래

바람이 휘날렸다. 얼마 지나지 않아 관중석은 사람들로 가득 채워졌다.

리온은 빈자리가 없이 가득 채워진 것을 보며 말했다.

"시험을 구경하는 사람이 이렇게 많다고?"

훈련 대장은 시험 보는 학생들만 훈련장 안에 남은 것을 보고 소리쳤다.

"오늘 시험 보는 학생들은 모두 대기 의자에 앉아서 이름을 부르면 나오도록!"

학생들은 모두 관중석 한편에 놓여 있는 의자에 차례대로 앉았다. 그때 리온 주변에 서 있던 라이츠는 훈련 대장의 말을 듣지 못했는지 멍하니 한곳을 바라보며 서 있기만 했다. 리온은 그에게 다가가 말했다.

"어서 자리로 가서 기다리자."

라이츠는 깜짝 놀란 듯 몸을 움찔거리고 리온을 따라 관중석 한편에 있는 대기 의자에 앉았다. 학생들까지 모두 대기 의자에 앉은 것을 본 훈련 대장이 다시 소리쳤다.

"이제 블롭 사냥꾼 자격시험을 시작하겠습니다!"

관중석에 앉아 있는 사람들은 마치 응원하는 스포츠 팀이 이기고 있는 것처럼 불같은 환호와 박수를 내질렀

불굴의 심장

다. 가슬은 들고 있는 종이를 유심히 보더니 제일 먼저 시험을 치를 학생의 이름을 불렀다.

"라이츠!"

대기 장소에 멍하니 앉아 있던 라이츠는 자신의 이름이 불린 줄도 모르고 대답하지 않았다. 이번에도 옆에 앉 아있는 리온이 그의 어깨를 툭툭 두드리며 말했다.

"어서 가봐."

라이츠는 조용히 일어나 훈련장 중심으로 이동했다. 주변에 있는 학생들과 사람들은 그를 보고 수군거렸다.

"저 녀석은 바보 아니야?"

"시험을 치다가 죽을 수도 있겠는걸?"

라이츠의 걸음걸이를 보면 자신이 이곳에 무엇을 하러 온 건지 모르는 사람처럼 훈련장 중심에서 멍하니 서 있었다.

리온도 의욕이 없어 보이는 그를 보고 말했다.

"라이츠가 잘 해낼 수 있을까?"

리온은 걱정하는 눈빛으로 그를 바라보았다. 훈련 대장은 라이츠가 나오자 훈련장 한편에 있는 좁은 통로 안으로 들어가더니 손바닥 크기의 호리병 하나를 들고 나왔다. 호리병을 보자 관중들의 웅성거리는 소리가 커지기 시작했다. 가슬은 호리병을 들고 나와 라이츠 앞에서 소리쳤다.

"이번 시험은 실제 블롭의 심장을 찾고 스스로 해치워야 하는 시험입니다! 블롭을 잡지 못한다면 그 자리에서 바로 불합격입니다. 또한, 훈련장 밖으로 도망가도 불합격입니다!"

관중들은 환호성을 내질렀다. 리온은 훈련 대장의 말을 듣고도 입을 벌린 채 가만히 서 있기만 했다.

리온은 옆에 앉은 바너스를 보며 말했다.

"정말 저 호리병에서 살아있는 블롭이 나오는 거야?"

바너스는 고개를 끄덕이며 대답했다.

"설마 그것도 모르고 시험에 참여한 거야?"

리온은 멀뚱히 눈을 깜빡이며 말했다.

"나는 이런 시험일 줄은 몰랐어. 만약 블롭한테 잡혀 죽기라도 하면 어떻게 되는 거야?"

"네가 말한 것처럼 죽을 위기에 처한 학생들은 많았지. 그때는 가슬이 급하게 들어와 학생의 목숨을 살려줘. 다만 시험은 그 자리에서 불합격이야."

리온은 호리병을 보고 더욱 몸이 떨렸다. 그는 훈련

장 중심에서 멍하니 서 있는 라이츠를 걱정스러운 눈빛으로 바라보았다.

"잘해야 할 텐데…."

그때 가슬은 훈련장 한쪽으로 가더니 호리병의 뚜껑을 열었다. 잠시 뒤 검은 연기가 호리병 밖으로 스멀스멀 피어 나오더니 블롭이 모습을 드러냈다. 관중석에 앉은 아이 한 명이 소리쳤다.

"저기를 봐 정말 블롭이 나왔어!"

라이츠는 호리병 안에서 나온 기괴한 블롭을 보고도 아무렇지 않은 듯 멍하니 쳐다보기만 했다. 리온은 아무런 준비도 하지 않는 그를 보며 말했다.

"라이츠는 왜 움직이지 않는 거지?"

바너스는 리온을 보며 말했다.

"일단 지켜보자."

훈련장에 모습을 드러낸 블롭은 마치 손깍지를 낀 듯한 뾰족한 이빨이 튀어나와 있었고 손가락은 양쪽에 세 개씩 달려 있었는데 모두 뾰족했다. 도마뱀처럼 두꺼운 꼬리를 흔들고 있었다.

바너스가 몸을 소스라치게 떨고 말했다.

"보기만 해도 징그러워."

리온은 라이츠가 잘 해낼 수 있기만을 기도했다. 그때 훈련장 한쪽에 있던 가슬이 소리쳤다.

"시험을 시작하겠습니다!"

관중들의 환호성이 터지면서 밖으로 모습을 드러낸 블롭은 점점 라이츠가 서 있는 방향으로 걸어갔다. 그런데도 라이츠는 다가오는 블롭을 쳐다보기만 할 뿐이었다. 그때 리온은 라이츠에게 들리도록 두 손을 입에 모아 소리쳤다.

"라이츠! 정신 차려!"

그런데도 라이츠는 아무런 반응 없이 가만히 서 있었다. 밖으로 모습을 드러낸 블롭은 가만히 서 있는 라이츠를 보며 말했다.

"저 어린 인간의 싱싱한 심장을 먹을 수만 있다면 정말 좋을 텐데…. 가만히 서 있어서 이번에는 아주 쉽게 저 녀석의 심장을 끄집어낼 수 있겠군."

블롭은 두 팔을 들어 올려 날카로운 손으로 그의 심장을 찌르려 했다. 이제 라이츠와 블롭의 간격은 오 미터도 되지 않았다. 리온은 라이츠의 모습을 보며 답답함에 의자에서 몸을 들썩였다.

시험이 시작되고 한쪽에서 보고 있던 가슬은 라이츠

불굴의 심장

가 아무것도 하지 않고 가만히 있자 블롭을 저지하기 위해 훈련장 중앙으로 뛰어가려 했다.

그때 라이츠의 머리에 주황빛 불꽃이 활활 타오르기 시작했고 손가락 끝에는 마치 생일 케이크에 촛불을 붙인 것처럼 불꽃이 생겼다. 그는 자신의 가슴을 향해 뻗어오는 블롭의 두꺼운 팔뚝을 한 손으로 붙잡았다.

훈련장 안으로 뛰어 들어가던 훈련 대장은 발걸음을 멈추었다. 리온도 라이츠의 몸이 불에 타오르고 있는 모습을 보고 눈이 빠져나올 것처럼 크게 뜬 채 자리에서 일어나 바라보았다.

"저게 뭐야…."

점차 라이츠의 몸 전체에 불이 활활 타오르기 시작했다. 신기한 것은 그의 몸이 불에 타고 있음에도 전혀 고통스러워하지 않았다. 그는 블롭의 팔을 잡고 말했다.

"내 심장을 가져갈 수 없어."

그가 블롭의 팔을 강하게 잡자 두꺼운 팔뚝은 쉽게 두 동강이 나버렸다. 그 후 라이츠는 블롭의 심장이 있는 왼쪽 다리를 발로 찼고 블롭은 마치 온몸에 붙은 벌레를 떼어내는 것처럼 발버둥 치며 쓰러졌다.

"정말 대단해!"

리온이 두 손을 모으며 경이롭게 바라보았고 블롭의 몸에 붙은 불은 점점 더 크게 타올랐다. 얼마 안 가 블롭은 쓰러져 움직이지 않았고 한쪽 다리 안에서 뛰고 있던 심장도 멈추었다.

라이츠를 보고 있던 관중석에서는 하늘이 떠나도록 큰 환호성이 터져 나오기 시작했다. 그의 온몸에 붙어 있던 불꽃은 점점 사그라들었다. 가슬은 그를 바라보다 몸에 불이 꺼지자 한걸음에 다가와 말했다.

"괜찮은 거니?"

라이츠는 다시 졸린 것 같은 눈빛으로 그를 보며 대답했다.

"네 괜찮아요."

훈련 대장 가슬은 검게 타버린 블롭을 호리병 안으로 집어넣기 위해 가까이 가져다 댔고 괴물은 검은 연기로 변해 빨려 들어갔다. 가슬은 호리병 뚜껑을 닫고 일어나 소리쳤다.

"첫 번째 합격자 라이츠!"

라이츠는 아무 일 없었다는 듯 어깨를 축 늘어뜨리고는 리온 옆으로 돌아왔다. 그가 힘없이 앉자 기다리고 있던 리온은 그에게 입술이 닿을 정도로 고개를 불쑥

불굴의 심장

내밀며 말했다.

"너 정체가 뭐야?"

라이츠는 조금 전 상황의 기억을 잃은 사람처럼 대답했다.

"나도 모르겠어."

리온은 반짝이는 눈빛으로 그를 보며 말했다.

"방금 너의 몸이 전부 불에 타고 있었는데 뜨겁지 않았어?"

라이츠는 눈을 껌뻑이고 허공을 바라보면서 고개를 끄덕였다.

"뜨겁지 않았어…."

리온은 그의 오른손을 잡고 말했다.

"우리 친구가 되는 건 어때?"

라이츠는 리온을 바라보지 않고 대답했다.

"좋아."

리온은 아무 감정도 없이 대충 대답하는 것 같은 그를 이상하게 바라보았지만 이미 그의 엄청난 능력에 놀라움을 잊을 수 없었기에 더 알아가고 싶었다.

이후 훈련장에서 많은 학생이 시험을 치렀다. 라이츠 이후로 나온 학생들은 전부 탈락의 고배를 마셔야 했다. 몇몇 학생들은 시험이 시작하자마자 울음을 터트리면서 포기하겠다고 소리쳤고 어떤 학생들은 죽을 고비에서 긴급 투입된 가슬의 도움을 받았다.

그때 리온은 익숙한 얼굴의 여자아이가 훈련장 안으로 들어오는 것을 보고 입을 열었다.

"아키?"

훈련장에 모습을 드러낸 학생은 리온에게 처음 산꼭대기로 올라가라고 알려준 아키였다.

그녀는 호리병에서 블롭이 나오자 가볍게 달려 나가다가 높이 뛰어올랐다. 이후 날카로운 손톱으로 몸을 갈기갈기 할퀴었다. 블롭의 손 안에 들어 있던 심장은 찢겨나갔다.

리온은 그녀가 순식간에 합격하는 것을 보고 말했다.

"역시 아키도 엄청난 힘을 가지고 있었어….."

아키는 고양이 같은 고혹적인 눈을 깜빡이며 블롭을 쓰러뜨리고 훈련장 밖으로 홀연히 나갔다.

지금까지 블롭 소탕 시험에서 합격생은 단 두 명 아키와 라이츠였다. 리온은 이제 자신의 차례가 다가오고 있다는 것을 느꼈고 어떤 강력한 블롭을 만나게 될지 생각해 긴장되기 시작했다.

불굴의 심장

그때 가슬이 소리쳤다.

"다음은 바너스!"

리온 옆에 앉아 있던 바너스가 깜짝 놀라 벌떡 일어 났다.

리온은 그를 보고 외쳤다.

"잘하고 와! 너의 힘을 보여줘!"

바너스는 리온이 응원을 해줘서 그런지 활기차게 훈련장 안으로 들어갔다. 잠시 뒤 바너스 앞에 그의 몸집에 세 배만 한 블롭이 나타났는데 입술과 코는 벌에 쏘인 것처럼 두꺼웠고 배는 물이 가득 차 있는 것처럼 출렁거렸다. 바너스는 블롭을 보자마자 목검을 들고 용감하게 달려들었는데 블롭이 배로 팅겨내자 멀리 떨어져 나갔다.

결국, 바너스는 거대한 블롭의 심장을 계속 내리치고 베어 보려 했지만, 매번 나가떨어졌다. 리온은 바너스를 보며 소리쳤다.

"침착하게 약점을 찾아봐!"

바너스는 리온의 소리를 듣고 블롭의 배 중심에 있는 심장을 향해 목검을 노리고 휘둘렀다. 하지만 블롭의 두꺼운 뱃살은 전혀 찢어지지 않았다. 바너스가 아무리 칼로 베어도 힘으로 괴물의 배를 관통시키지 못했다.

결국, 바너스는 다시 출렁거리는 블롭의 배에 튕겨 나가 훈련장 한쪽 벽에 부딪혀 쓰러졌다. 훈련 대장 가슬은 더는 안 되겠다고 생각했는지 서둘러 블롭을 제압하고 호리병 안으로 집어넣었다. 훈련 대장은 호리병 뚜껑을 닫고 단호하게 소리쳤다.

"바너스 불합격!"

훈련장 한쪽 벽에 기대앉아 있는 바너스가 울며불며 소리쳤다.

"조금만 더 시간을 주셨다면 혼자 잡을 수 있었다고 요!"

가슬은 고개를 저으며 대답했다.

"시간 없으니 어서 자리로 돌아가도록!"

바너스는 닭똥 같은 눈물을 닦아내며 리온 옆으로 와 앉았다. 리온은 합격하지 못한 바너스의 어깨를 어루만져 주었다. 그때 훈련장 중앙에 서 있던 가슬이 소리쳤다.

"다음 학생은 리온!"

리온의 이름이 훈련장에 울려 퍼지자 관중석에서 수군거리는 소리가 들려왔다. 이미 리온이 산꼭대기에 사는 캐머슬 영감의 훈련을 모두 버텨내고 살아남았다는

불굴의 심장

소문은 사람들에게 퍼져 있었다. 그는 자리에서 일어나 사람들의 시선을 받으며 훈련장 중앙으로 이동했다. 그는 가슬 앞에 서서 외쳤다.

"반드시 합격하겠습니다!"

가슬은 들고 있는 호리병 뚜껑을 열고 훈련장 한쪽으로 이동했다. 밖으로 나온 블롭은 방금 바너스를 불합격시켰던 거대한 블롭이었다.

배 속에 심장이 있는 괴물은 다시 밖으로 나와 말했다.

"안 그래도 심심했는데, 너도 고통스럽게 해줄게."

리온은 그를 올려다보며 소리쳤다.

"그렇게 되진 않을 거야!"

리온은 배가 터질 것만 같은 블롭이 서 있는 곳으로 먼저 달려갔다. 그는 주먹을 뻗기 위해 팔에 힘을 모았다. 거대한 블롭은 다가오는 리온을 보고 소리쳤다.

"멀리 튕겨버려 주지!"

블롭도 리온이 다가오는 것을 피하지 않고 정면으로 맞섰다. 달려가는 리온의 눈동자는 용맹함으로 가득 차 있었다.

"이거나 먹어라!"

리온은 블롭의 심장이 있는 배 중심을 향해 주먹을

뻗었다. 그러자 주변에 황금색 비단 용의 형상이 나타나 입을 크게 벌려 출렁이는 블롭의 배를 관통했다. 관중석에 앉아 있던 사람들은 소문으로만 듣던 모습을 직접 보고 모두가 똑같은 모습으로 입을 벌리고 있었다.

조금 전 탈락해 주눅 들어 있던 바너스도 리온의 주먹에서 용의 형상이 나타나자 마치 별똥별을 바라보는 어린아이처럼 넋을 놓고 지켜보았다.

거대한 블롭은 리온의 주먹에 맞고 순식간에 벽까지 날아가버렸다. 두터운 손으로 배를 부여잡은 블롭은 힘겹게 말을 내뱉었다.

"저 녀석은…. 지금까지 봤던 인간들하고 달라…."

그때 리온은 순식간에 블롭 앞으로 다가와 그의 배를 향해 다시 주먹을 뻗었다.

거대한 블롭의 배는 심한 파도처럼 출렁거리더니 그 안에서 뛰고 있던 심장이 터져버렸다.

단단하게 굳기 시작한 블롭의 몸은 산산조각이 나버리기 시작했다.

몇 초 뒤 훈련장 내부는 엄청난 환호성으로 가득 차올랐다. 관중석에 있던 사람 중 수염으로 얼굴이 뒤덮인 아저씨가 리온을 향해 소리쳤다.

불굴의 심장

"드디어 우리 인간에게도 블롭 종족을 대적할 수 있
는 강력한 영웅이 나타났다!"

다른 사람들도 자리에서 일어나 손뼉을 치며 동의하
는 듯 휘파람 소리도 곳곳에서 들려왔다. 가슬도 블롭
을 봉인해야 하는 것도 잊은 채 한동안 리온을 바라보
며 조용히 말했다.

"캐머슬 영감의 훈련을 수행하며 생긴 저 능력은 정
말 강력해."

가슬은 조각난 블롭 앞으로 다가가 호리병 뚜껑을 열
어 봉인하고 리온 앞으로 가서 말했다.

"넌 정말 대단한 능력을 갖추고 있군."

리온은 몸을 움츠리고 멋쩍은 웃음을 지으며 대답했다.

"별거 아니에요."

가슬은 훈련장 전체에 울려 퍼지도록 소리쳤다.

"리온, 합격!"

그곳에 있는 사람들의 박수 소리는 땅이 흔들릴 정도
로 커졌고 리온은 사방에 있는 관중들을 보고 허리를
반으로 접어 인사했다. 그는 사람들의 환호를 받으며
앉아 있던 곳으로 돌아왔다. 가슬은 들고 있는 종이를
보며 소리쳤다.

"마지막 학생은 에스페르스!"

하지만 에스페르스의 모습은 보이지 않았다. 에스페르스를 기다리고 있는 쌍둥이 중 턱에 점이 있는 소년이 말했다.

"일 년에 한 번뿐인 시험 날인데 오지 않았어!"

가슬은 에스페르스가 대답하지 않고 훈련장 중앙으로 나오지 않자 소리쳤다.

"훈련장 안으로 들어오지 않는다면 실격 처리하겠습니다!"

그는 훈련장에 나타나지 않았다. 결국, 가슬은 들고 있는 종이를 내리고 소리쳤다.

"에스페르스, 실격!"

그러자 에스페르스의 뒤를 쫓아다니던 쌍둥이 형제는 동시에 주먹을 쥐었고 턱에 점이 있는 소년이 자신의 무릎을 내려치고 외쳤다.

"도대체 어디 있는 거야!"

불굴의 심장

14. 최악의 선택

에스페르스는 훈련장 밖으로 나온 뒤부터 머릿속에 훈련장 안에 있던 학생들이 자신을 쳐다보며 수군거리는 모습만 떠올라 몸에 열이 사그라지지 않았다. 그는 머리끝까지 차오른 수치심에 며칠 동안 어딘지도 모르는 먼 곳으로 떠나와 아무도 만나지 않으며 생활했다.

그는 길가에 주저앉은 상태에서 주먹을 꽉 쥐며 말했다.

"블롭이 그 녀석을 잡아먹기 전에 내가 직접 없애버릴 거야…."

얼마 뒤 그는 좋은 생각이 났는지 께름칙한 웃음을 짓고 속삭였다.

"역시 나는 천재였어…."

한밤중 훈련장 안으로 돌아온 그는 혹여나 누군가 자

신을 보고 있는 것은 아닌지 주변을 두리번거렸고 수상한 걸음걸이로 무언가를 찾는 듯 보였다.

"분명히 여기쯤 있었을 텐데?"

에스페르스는 훈련장 내부에 있는 벽을 어루만지면서 앞으로 나아갔다.

잠시 뒤 그는 자리에서 멈춰선 뒤 나무문을 만지며 말했다.

"여기에 있었구나!"

에스페르스는 앞에 있는 문을 밀었지만 굳게 잠겨 있었다. 문이 잠겨 있는 건 예상하지 못했는지 미간을 찌푸리며 말했다.

"쓸데없이 문은 왜 잠근 거야!"

에스페르스는 막혀 있는 문을 몸으로 들이받아 억지로 열어보려 했다. 하지만 문은 출렁거리기만 할뿐 열리지 않았다. 그는 잠겨 있는 자물쇠를 한 손으로 잡고 마구 흔들어 보기도 했지만 소용없었다.

"어떻게 하지?"

그때 에스페르스는 한 손에 들고 있는 부러진 목검을 바라보았다.

"그래! 역시 난 천재야."

에스페르스는 리온과 대결하다 부러진 목검을 잡고 문을 힘껏 내려치기 시작했다. 소리는 크게 울렸지만, 주변에 아무도 없기를 바라면서 멈추지 않았다. 자물쇠는 점점 헐렁해지기 시작했다.

"조금만 더!"

에스페르스는 부러진 목검으로 자물쇠를 내리쳤다. 결국, 자물쇠는 끊겼고 그는 좁은 통로의 문이 열리자 기괴한 미소를 지으며 말했다.

"모두 다 죽여버릴 거야."

에스페르스는 좁고 어두운 통로 안으로 들어가기 전 다시 한번 주변을 훑어보았다. 문을 열고 안으로 들어가자 눈을 감고 걷는 것처럼 아무것도 보이지 않았다. 그는 두 눈을 최대한 크게 뜨고 앞으로 아주 조금씩 움직였다. 비록 몸 하나만 간신히 들어갈 수 있는 동굴 같은 통로에 들어왔지만, 그는 입꼬리를 올리며 말했다.

"그래. 바로 이 냄새야. 아주 고약한 냄새!"

에스페르스는 최대한 조심스럽게 발을 내디뎠다. 그는 동굴 같은 통로 안에서 무언가를 찾는지 양쪽 눈 사이를 찡그리고 어둠 속을 자세히 보았다.

"이제 그것만 찾게 된다면 다른 학생들이 나를 존경

하는 눈빛으로 보게 될 거야."

그는 앞으로 가며 리온에게 당했던 그때의 상황을 머릿속에 떠올리며 말했다.

"내 손으로 반드시 그 녀석을 없애버릴 거야!"

그는 다시 화가 치밀어 올랐는지 주먹으로 벽을 강하게 쳤다. 그가 앞으로 걸어 나갈수록 통로 안쪽에서 속이 울렁거릴 정도의 강한 악취가 풍겨 나왔다.

"고약한 냄새가 심해지는 걸 보니 조금만 더 가면 찾을 수 있겠어."

그는 코를 막고 앞으로 걸어갔다. 그의 머릿속에는 오직 리온을 없애는 것과 훈련장에서 자신의 위상을 되찾겠다는 생각뿐이었다. 에스페르스는 심한 악취를 뚫고 더 앞으로 걸어갔고 마침내 자신이 원하는 것을 발견했는지 걸음을 멈추었다.

"드디어 찾았다!"

에스페르스의 표정은 어둠 속에서 밝게 빛났다. 그가 서 있는 곳 앞에는 작은 호리병들이 많이 놓여 있었다. 그는 바닥에 놓여 있는 수많은 호리병을 보고 두 손을 비비며 말했다.

"이제 거의 다 왔다고!"

에스페르스는 허리를 숙이고 호리병들이 놓여 있는 곳 앞으로 천천히 걸어갔다. 이후 그는 발밑에 있는 호리병들을 보며 말했다.

"블롭 사냥꾼 시험에 쓰이는 블롭들이 봉인되어 있는 호리병이야."

그는 마치 시장에 진열돼 있는 다양한 과일을 여유롭게 구경하고 있는 사람처럼 뒷짐 지고 보았다. 그는 호리병들을 보기만 하고 다시 일어나 입을 열었다.

"하지만 나는 너희들을 꺼내지 않을 거야."

그는 의미심장한 웃음을 유지하며 말했다.

"나는 사람들이 더 놀랄만한 것을 원하거든."

에스페르스는 호리병들이 놓여 있는 곳을 지나 더 깊은 어둠 속으로 걸어갔다. 그도 블롭들이 들어 있는 호리병들을 지나 더 깊은 곳으로 들어가며 통로 안에서 풍기는 서늘한 공기와 먼지 냄새 때문에 온몸이 떨려오기 시작했다.

"정말 소문으로만 듣던 그것이 있을까?"

에스페르스는 입술을 바르르 떨어가며 말했고 그의 표정은 마치 크리스마스 전날 어린아이처럼 무언가를 잔뜩 기대하고 있는 것처럼 보였다. 얼마 가지 않아 그는 눈앞에 나타난 철창을 보고 걸음을 멈춰 말했다.

"저…. 정말 있었어!"

그는 통로의 끝에서 발견한 철창을 보고 잠시 얼어붙은 듯 서 있었고 마른침을 삼켰다. 에스페르스 앞에 있는 철창은 위대한 기사의 투구처럼 절대로 빠져나갈 수 없을 정도로 촘촘하게 이어져 있었고 철창의 두께는 백년 넘은 나무보다 더 두꺼웠다. 그는 눈앞에 있는 철창을 보고 말했다.

"소문으로만 들었었는데…."

철창 안에는 이끼가 낀 거대한 항아리가 놓여 있었는데 두꺼운 철쇄로 꽁꽁 감겨 있었다. 보기만 해도 헛구역질이 나올 것처럼 보였다.

반면 에스페르스는 몇백 년 동안 숨겨져 있던 보물을 찾기라도 한 것처럼 철창 앞으로 홀린 듯 가까이 다가갔다. 그는 불쾌한 느낌을 잔뜩 뿜어대는 항아리를 보며 말했다.

"조금만 기다리세요. 제가 당신을 깨워드리겠습니다."

에스페르스의 심장 박동 소리는 귀로 들릴 정도로 격하게 뛰고 있었다. 그는 숨을 크게 내쉬며 두꺼운 쇠사슬에 감겨 있는 항아리를 한동안 쳐다보았다. 그 후 고

불굴의 심장

개를 끄덕이고 난 뒤 부러진 목검으로 내려치기 시작했다. 하지만 그가 들고 있는 부러진 목검은 철창을 부수기에 턱없이 부족했다. 그래도 그는 훈련장 안에서의 명성을 되찾기 위해서라면 이 방법밖에 없다고 생각해 죽을힘을 다해 힘껏 내려쳤다.

"제발 깨져라!"

그때 통로 밖에서 사람들이 대화하는 소리가 들려와 순간 멈칫했다.

"젠장…. 들킨 건가?"

에스페르스는 수많은 호리병이 놓여 있는 곳에 엎드렸다. 통로 깊숙한 곳으로 들어오고 있는 두 사람은 남색 제복을 입고 있는 훈련장의 경비원들이었다.

에스페르스는 그들이 하는 말을 엿들었다.

"블롭 사냥꾼 시험 때 리온이 사용한 능력 진짜 대단하지 않아?"

옆에서 걷고 있는 다른 경비원이 오른팔을 앞으로 뻗으며 대답했다.

"주먹을 뻗을 때 보였던 황금빛 용은 아직도 잊히지 않는다니까?"

옆에서 걷고 있는 경비원이 피식 웃으면서 말했다.

"리온이 고약한 에스페르스도 이곳에서 쫓아냈잖아. 지금까지 그 녀석이 왕인 것처럼 행세하던 모습을 이제 안 봐도 돼서 너무 좋아."

에스페르스는 주먹을 꽉 쥐었다. 그의 눈빛은 산속에 있는 굶주린 하이에나처럼 사나워 보였다.

경비원 중 한 명이 웃으면서 말했다.

"리온한테 한주먹거리도 되지 않고. 멀대같이 키만 큰 녀석의 눈치만 보던 학생들도 모두 좋아하던데. 다시 돌아오지 않았으면 좋겠다."

"이제 그 녀석은 창피해서 돌아오지 않을 거야. 오늘이 일 년에 한 번 있는 시험 날이었는데도 나타나지 않았잖아."

에스페르스는 어금니가 으스러질 정도로 꽉 깨물기 시작했다.

경비원 중 한 명이 손으로 두 콧구멍을 틀어막은 뒤 얼른 밖으로 나가자고 손짓을 하며 말했다.

"아무도 없는데 왜 문이 열려 있던 거지?"

"분명 다른 경비원이 실수로 문을 열어놓고 집에 간 것 같아."

코를 막고 있는 경비원이 고개를 끄덕이며 답했다.

불굴의 심장

"가끔 지나가던 까마귀들이 고약한 냄새를 맡고 내려 앉아 발톱으로 자물쇠를 풀었던 적도 있었잖아. 오늘이 그런 날일 수도 있지."

그때 에스페르스는 천천히 몸을 일으켜 그들의 뒤를 따라가며 말했다

"너희 방금 뭐라고 했어."

깜짝 놀란 경비원들은 자리에서 펄쩍 뛰어오른 뒤 고 개를 돌렸다.

코를 막고 있던 경비원이 떨리는 목소리로 말했다.

"네…. 네가 왜 여기에…."

에스페르스는 부러진 목검을 들고 경비원들을 향해 숨을 헐떡이며 다가갔다. 경비원들은 에스페르스를 보 고도 도망가지 않았다.

코를 막고 있던 경비원이 소리쳤다.

"여기가 어디라고 감히 들어와? 어서 나가!"

에스페르스는 가소롭다는 듯 헛웃음 치고 대답했다.

"내가 훈련장에서 사라져서 다른 녀석들이 모두 좋아하 고 있다고? 웃기고 있네. 모두가 날 존경하고 있었거든?"

경비원이 대답했다.

"네가 단단히 미쳐버렸구나? 네가 사라져서 모두가

좋아하고 있어."

에스페르스는 통로에 목소리가 울려 퍼질 정도로 소리쳤다.

"아니야! 다른 녀석들은 내 명령에 따르는 것을 좋아했어!"

경비원들은 서로를 보며 고개를 저었고 그중 한 명이 외쳤다.

"정신 차려!"

경비원 중 한 명이 허리춤에 끼워져 있던 몽둥이를 꺼내 들고 에스페르스를 제압하기 위해 달려갔다.

흥분한 에스페르스는 다가오는 그들을 보며 외쳤다.

"덤벼!"

경비원은 그를 바닥에 눕히기 위해 몽둥이를 휘둘렀다. 에스페르스는 몸을 옆으로 돌려 공격을 손쉽게 피하고 들고 있던 목검으로 그의 몸통을 찔렀다.

경비원의 배에선 피가 흘러나오기 시작했다. 뒤에서 달려오고 있던 경비원도 블롭보다 더 섬뜩한 에스페르스의 눈빛을 보고 선뜻 움직이지 못하면서 말했다.

"도대체…. 여기서 뭘 하려던 거야…."

에스페르스가 실실 웃으며 답했다.

불굴의 심장

"오랫동안 잠자고 있는 그분을 깨우려고 하지. 왜, 겁이 나는 거야?"

목검에 찔린 경비원은 배를 부여잡은 채 일어나지 못했다. 그때 에스페르스는 서 있는 경비원의 허리춤에 달린 열쇠 꾸러미를 발견하고 말했다.

"너의 불쌍한 동료처럼 죽기 싫으면 열쇠를 모두 나한테 건네."

경비원은 눈의 초점이 없어진 동료를 힐끗 쳐다보고 허리에 걸려 있는 열쇠 꾸러미에 손을 가져다 대며 말했다.

"설마… 몇백 년째 봉인된 사악한 블롭을 깨우려고 하는 거야?"

에스페르스는 대답 대신 희미한 미소를 짓고 그에게 달려갔다. 경비원은 들고 있는 몽둥이를 휘둘러 그가 가까이 다가오지 못하도록 막아보려 했지만 소용없었다.

에스페르스는 목검 손잡이의 밑부분으로 그의 머리를 가격했다. 경비원은 아무 저항도 하지 못하고 기절해 버렸다.

에스페르스는 두 경비원을 내려다보면서 말했다.

"모두가 나를 우러러보게 할 거야. 사람이든 블롭이

든…."

그때 머리를 가격당해 얼굴이 피범벅이 된 경비원은
간절한 눈빛으로 그를 올려다보며 말했다.

"네가 하려는 그 행동을 당장 멈춰…."

에스페르스는 그의 머리를 강하게 걷어찼다.

"나를 더 강하게 만들어 줄 그분을 깨울 거야."

15. 깨져버린 어둠의 항아리

에스페르스는 쓰러진 경비원 앞에서 한쪽 무릎을 꿇고 앉아 열쇠 꾸러미를 쥐었다.

"이 중에 분명 저 철창을 열 수 있는 열쇠가 있을 거야…."

에스페르스는 날이 밝아오기 전까지 철창을 열어야 겠다는 생각에 재빨리 열쇠 꾸러미를 빼냈다.

"이제 빠르게 움직여야 해."

그는 불쾌한 기운을 내뿜고 있는 철창 앞으로 다가가 열쇠 꾸러미를 보며 속삭였다.

"젠장! 무슨 열쇠가 이렇게 많아!"

어쩔 수 없이 부러진 목검을 집어 던지고 열쇠 꾸러미에 있는 다양한 모양의 열쇠들을 하나씩 자물쇠에 끼

워보기로 했다. 그의 손은 주체할 수 없이 떨리기 시작
했고 자물쇠에 맞는 열쇠는 쉽게 나오지 않았다.

"해가 뜨면 경비원들이 들이닥칠 거야. 그 전에 반드
시 항아리 안에 있는 그분을 깨워야 해."

에스페르스는 자물쇠에 맞지 않는 열쇠들은 모두 옆
으로 집어 던졌다. 몇 시간이 흘러 열쇠 꾸러미에 남아
있는 열쇠는 얼마 없었다.

그때 자물쇠에서 철컥거리는 반가운 소리가 들려왔다.

"열렸어!"

에스페르스는 고개를 돌려 뒤를 보았다.

"이제 항아리만 부수면 모은 것이 해결되는 거야…."

자리에서 일어난 에스페르스는 바닥에 떨어져 있는
목검을 집어 들고 철창 안으로 들어갔다. 그는 자신의
키보다 두 배 더 큰 항아리를 올려다보았다.

"조금만 기다려 주세요…. 금방 꺼내드릴게요."

에스페르스는 부러진 목검으로 항아리를 내려치기
시작했다. 항아리를 감싸고 있는 두꺼운 쇠사슬은 오래
되어 그런지 쉽게 균열이 생겼다.

"조금만 더!"

이제 햇빛은 에스페르스가 있는 통로 깊숙한 곳까지

비쳤다.

잠시 뒤 항아리에 생긴 균열 틈으로 초록빛 연기가 새어 나오기 시작했다. 에스페르스는 항아리가 깨지고 있는 것을 보며 악랄한 미소를 짓고 말했다.

"그래! 이제 모두가 나를 인정해 줄 시간이 왔어!"

그때 통로 안으로 발걸음 소리가 들려오기 시작했다. 에스페르스는 그들이 들어오는 것을 알아차리고 마지막 힘을 다해 항아리를 내리쳤다.

경비원들은 통로 끝에서 에스페르스가 항아리를 내리치고 있는 것을 발견하고 몽둥이를 빼내 들어 빠르게 달려오기 시작했다.

"거기 누구야!"

에스페르스는 경비원들이 다가오는 것을 보고 희미한 웃음을 지었다.

"이미 늦었거든?"

그가 내리치고 있는 항아리 한쪽에는 주먹 크기의 구멍이 뚫려 있었고 그 공간으로 초록빛 연기와 함께 엄청난 악취가 뿜어져 나오고 있었다.

경비원들은 에스페르스를 제압하기 위해 달려갔다. 항아리는 마치 병아리가 껍데기를 깨고 세상 밖으로 나오려고 하는 것처럼 균열이 점점 더 심해졌다.

에스페르스는 항아리를 바라보고 말했다.

"드디어 깨어나시려고 하는군요!"

썩은 이끼 같은 연기가 통로 안을 금세 가득 채웠다. 경비원들은 코를 틀어막고 정신없이 외쳤다.

"봉인된 그 녀석의 항아리가 깨졌어!"

이후 항아리 밖으로 흘러나온 연기 안에선 하얗고 날카로운 눈매를 가진 눈동자가 모습을 드러냈다.

잠시 뒤 연기 속에서 마치 뱀의 몸통처럼 두꺼운 혓바닥이 빠르게 튀어나와 통로에 서 있던 경비원들의 몸을 묶고 뿌연 연기 쪽으로 잡아당겼다.

경비원들은 빠져나가기 위해 발버둥을 쳐보았지만 소용없었고 얼마 지나지 않아 강한 압박에 의식을 잃었는지 힘없이 고개를 떨구었다.

에스페르스는 뿌연 연기 속 하얀 눈동자 앞으로 기어가면서 말했다.

"제가 오랫동안 봉인되어 있던 당신을 깨어나게 했습니다!"

어두운 초록 연기에서 여자와 남자의 목소리가 섞인 기괴한 소리가 들려왔다.

"인간인 네가…. 나를 세상 밖으로 나오게 했다고?"

에스페르스는 엎드린 상태로 하얀 눈동자를 올려다 보며 답했다.

"네! 제가 당신을 다시 깨웠습니다!"

에스페르스는 엎드려 바닥에 머리를 처박고 소리쳤다.

"이제 저와 함께 이 세상을 지배해 봅시다!"

초록 연기 속 하얀 눈동자가 말했다.

"너는 인간인데 왜 나를 깨운 거지? 내가 인간들을 얼마나 증오하는지 모르고 있는 건가?"

에스페르스는 바닥에 붙어버릴 것처럼 엎드린 채 고개를 조아리며 떨리는 목소리로 답했다.

"아닙니다. 당신의 소문은 어렸을 때부터 들어왔습니다. 저는 당신의 도움을 받아 이 세상을 지배하고 싶습니다."

연기 속 하얀 눈동자는 눈을 깜빡이며 한동안 그를 쳐다보았다. 아무 대답도 들려오지 않자 에스페르스는 살며시 고개를 들어 그를 쳐다보았다.

"드디어 인간들을 이 세상에서 모두 없애고 우리 블롭 종족이 세상을 지배할 시간이 왔군."

에스페르스는 고개를 격하게 끄덕이며 소리쳤다.

"맞습니다! 저와 함께 밖으로 나가시죠!"

하얀 눈동자는 답했다.

"내가 세상 밖으로 다시 나온 이상 예전 공룡들이 멸종된 것처럼 인간들은 역사 속으로 사라질 거야."

에스페르스는 그의 말이 끝나도 일어나지 않고 고개를 조아리고 있었다.

하얀 눈동자는 그를 보며 말했다.

"이제 일어나도 된다."

에스페르스는 그의 말을 듣고 천천히 일어나 들어왔던 길을 따라 통로 밖으로 걸어 나가기 시작했다.

"이제 세상 밖으로 나갑시다."

그때 초록 연기 속에서 두꺼운 혓바닥이 에스페르스의 온몸을 빠르게 휘감아 연기 속으로 잡아당겼다. 갑자기 움직일 수 없게 돼버린 에스페르스는 두 눈을 부릅뜬 채 소리쳤다.

"저는 당신을 다시 깨어나게 해주었는데…!"

초록 연기 안에 있는 형체는 헛웃음 치며 대답했다.

"내가 세상 밖으로 나왔으니 넌 이제 필요 없다."

겁에 질린 에스페르스의 얼굴은 보랏빛으로 변했다.

그는 애원하듯 말을 내뱉었다.

"살려주세…."

괴수의 혓바닥은 순식간에 목까지 감겨 올라오더니 점차 머리끝까지 덮어버렸다. 에스페르스는 빠져나오기 위해 발버둥을 쳤지만 얼마 가지 않아 발끝의 움직임이 멈추었다. 하얀 눈동자는 연기 속에서 점점 모습을 드러내며 속삭였다.

"난 절대로 인간들의 말을 믿지 않아."

한편, 가슬은 창고 안에서 무슨 일이 일어나는지 모른 채 시험에 합격한 학생들에게 사냥꾼의 표식인 특별한 팔찌를 나누어 주고 있었다.

리온은 가슬을 보며 말했다.

"이 팔찌를 차고 있으면 블롭을 사냥할 수 있는 자격이 있다는 건가요?"

가슬이 그의 어깨를 툭툭 두드리며 대답했다.

"그렇다. 팔찌를 보여주면 각 지역에 있는 블롭 사냥꾼 전용 숙소와 맛있는 음식들이 있는 식당에서 돈을 내지 않고 이용할 수 있단다."

"정말요?"

가슬은 고개를 끄덕이고 리온 옆에서 멍하니 입을 벌리고 서 있는 라이츠에게도 팔찌를 끼워주었다. 라이츠는 아무런 생각이 없는지 허공만 바라보고 있었다.

그때 훈련장 한쪽에서 벽이 무너져 내리는 듯한 거대한 소리가 들려왔다. 소리가 난 곳을 보니 모래 연기가 뿌옇게 일어나 있었다. 리온은 연기 속에서 점점 명확해지는 이상한 형체를 보았다.

가슬은 등에 달린 칼의 손잡이를 잡으며 말했다.

"저 녀석은…!"

불굴의 심장

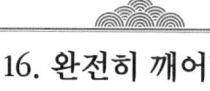

16. 완전히 깨어난 용

가슬은 문을 부수고 나온 형체의 모습이 선명하게 보이자 침을 삼키고 말했다.

"몇백 년 전에 봉인되었던 바우구스야…."

블롭의 오른팔에는 검은색 코브라의 머리가 달려 있었고 왼손에는 붉은 용의 머리가 달려 있었다. 그의 온몸은 거북이 등 껍질처럼 단단하게 뒤덮여 있었다. 바우구스는 훈련장 중심으로 저벅저벅 걸어 나왔다.

훈련장 안에 있던 학생들은 모두 일사불란하게 밖으로 도망치기 시작했다. 가슬은 바우구스를 보고 등에 매달려 있던 거대한 칼을 빼내 들고 말했다.

"어째서 저 녀석이 항아리 밖으로 나온…."

말을 끝내기 전에 가슬은 바우구스 손에 들려 있는

사람을 보고 순간 멈칫했다. 리온도 두꺼운 줄에 감겨 있는 사람을 보고 소리쳤다.

"에스페르스예요!"

에스페르스의 온몸은 피로 뒤덮여 있었다.

옆에 서 있던 바너스가 외쳤다.

"저 녀석이 바우구스가 봉인되어 있던 항아리를 깼나 봐!"

그때 바우구스는 아비규환이 된 상황을 보며 입을 열었다.

"내가 오랜만에 나왔다고 이렇게 반겨주는 건가?"

그는 뱀의 기다란 혓바닥으로 묶고 있던 에스페르스의 몸을 멀리 내던져 버렸다.

이후 바우구스는 도망가고 있는 학생들을 향해 팔을 뻗어 두꺼운 혓바닥으로 한 학생의 발목을 강하게 묶어 버렸다.

뛰어가던 학생은 손끝으로 땅을 긁어대며 소리쳤다.

"살려줘!"

가슬이 한 손으로 거대한 칼을 집어 도망가고 있던 학생의 발목을 감싼 두꺼운 혓바닥을 잘라냈다. 풀려난 학생은 그 자리에서 기절해 쓰려졌고 도망가던 다른 학생이 그를 붙들어 메고 훈련장 밖으로 뛰쳐나갔다.

리온도 지금까지 봐왔던 블롭보다 압도적인 형체가 나타나자 선뜻 움직이지 못했다.

옆에 있던 바너스가 당황한 그에게 소리쳤다.

"우리도 어서 도망가야 해!"

하지만 리온은 혼자서 블롭을 상대하려는 가슬을 보고 쉽게 발걸음을 옮기지 못했다. 바너스는 리온의 팔을 잡고 훈련장 밖으로 끌어당겼다.

그런데 라이츠는 블롭이 나타나 소란스러운 상황에도 멍하니 서 있기만 했다.

리온은 그를 보고 소리쳤다.

"라이츠!"

리온은 라이츠에게 달려가 팔을 잡았다. 라이츠는 바람 빠진 풍선처럼 그의 손에 이끌려 움직였다. 훈련 대장 가슬은 먹잇감을 노리는 듯한 바우구스를 보고 외쳤다.

"네가…. 어떻게 나온 거야!"

하얀 눈동자를 가진 블롭이 기다란 혓바닥을 날름거리며 대답했다.

"어떤 인간이 내가 있던 항아리를 깨고 세상을 지배하고 싶다고 말하더라고! 멍청한 녀석."

가슬은 멀리 떨어져 나간 에스페르스를 보고 고개를 숙였다.

"젠장…."

하얀 눈동자를 치켜뜨고 있는 바우구스는 말했다.

"저 어리석은 인간은 우리 블롭 종족이 세상을 지배하는 것을 돕겠다고 말했지. 하지만 나는 예전부터 인간들의 말은 절대 믿지 않거든!"

바우구스는 뱀 같은 혓바닥을 다시 날름거리며 말을 이었다.

"나는 젊고 신선한 인간의 심장을 한 번에 삼켜버렸어. 내 양쪽 어깨를 봐 심장이 더 격렬하게 뛰기 시작했어!"

블롭의 양쪽 어깨 안에는 붉게 빛나고 있는 심장이 쿵쾅거리며 뛰고 있었다. 리온은 바너스에게 잡혀 훈련장 밖으로 나가는 와중에 계속 뒤를 돌아보았다.

"가슬 님은 정말 괜찮겠지?"

바너스가 그의 팔을 강하게 잡은 채 대답했다.

"훈련 대장님은 혼자서 바우구스를 봉인시킬 수 있을 거야!"

라이츠는 물에 젖은 빨랫감처럼 그저 그들의 손에 따

라 힘없이 움직이고 있었다. 리온은 바너스의 말에도 계속 뒤를 보며 걱정스러운 눈빛으로 가슬을 쳐다보았다.

가슬은 커다랗고 네모반듯한 칼을 집어 들고 바우구스 앞으로 다가갔다.

하얀 눈을 가진 블롭은 자신의 길을 막으려 하는 가슬을 보고 물었다.

"설마 넌 나를 다시 가두려고 앞길을 가로막은 것이냐?"

가슬은 단호하게 대답했다.

"너 같은 블롭들을 영원히 봉인해야 하는 것이 내 임무다!"

가슬은 칼 손잡이가 으스러질 정도로 강하게 쥐어 잡았다. 바우구스는 눈을 치켜뜨고 있는 그를 보며 말했다.

"너도 나를 항아리에서 깨운 저 녀석처럼 심장을 빼앗기기 싫다면 지금이라도 도망치는 것이 좋을 거야."

블롭은 그 말을 내뱉고 기다란 혓바닥을 날름거렸다. 그런데도 가슬은 땅에 두 다리를 박아놓은 것처럼 한 걸음도 움직이지 않았다. 오히려 그는 더 단호하게 소리쳤다.

"내가 네놈의 심장을 찔러서 다시 항아리에 넣고 다

신 나오지 못하게 할 것이다!"

가슬은 들고 있는 거대한 칼을 들고 바우구스가 서 있는 곳을 향해 달려갔다. 하얀 눈을 가진 블롭도 가슬의 몸을 묶기 위해 한쪽 팔에 있는 뱀의 머리에서 혓바닥을 뻗었다. 가슬은 뱀의 혓바닥을 잘라내기 위해 묵직한 칼날을 휘둘렀다.

하지만 두껍고 탄탄한 혓바닥은 그의 칼을 피해 한쪽 다리를 감싸더니 순식간에 그의 온몸을 묶기 시작했다. 가슬은 발부터 쪼여오는 뱀의 혓바닥을 잘라내기 위해 칼을 들어 올렸다. 그런데 가슬이 칼을 들고 있던 손도 뱀의 혓바닥으로 묶였다.

바우구스는 그가 당황한 듯한 표정을 보이자 혀를 입 밖으로 날름거리며 말했다.

"겨우 이 정도로 나를 다시 봉인하겠다고 하다니. 정말 멍청하군."

가슬은 결국 칼을 떨어뜨렸다. 그는 몸 전체를 감싸고 있는 뱀의 혓바닥을 풀어보기 위해 온몸에 있는 근육에 힘을 주기 시작했다. 다행히 그는 뱀의 혀를 두 손으로 잡을 수 있었고 양쪽으로 잡아당기며 소리쳤다.

"내가 너를 반드시 봉인시켜 주겠다!"

불굴의 심장

두꺼운 혓바닥에서 몸이 풀린 가슬은 눈을 감고 몸을 웅크리더니 주변에 커다랗고 갈색 털이 덮인 곰의 형상이 나타났다.

바우구스는 그 형체를 보고 말했다.

"이 정도는 돼야 상대해 줄 만하지."

가슬의 몸집은 두 배 더 커졌다. 그는 바우구스가 서 있는 곳을 향해 성큼성큼 걸어갔다.

바너스가 다급하게 말을 내뱉었다.

"저게 가슬의 능력이야. 괴력을 사용할 수 있는 곰의 형상을 나타나게 할 수 있어!"

가슬은 바우구스 앞으로 다가가 산속에 사는 야생 곰이 화가 난 것처럼 넓은 손바닥으로 그의 몸통을 후려쳤다. 심장이 두 개 있는 블롭은 예상했던 것보다 강한 힘에 훈련장 한쪽 벽까지 순식간에 날아갔다.

리온은 가슬의 엄청난 능력을 보고 발걸음을 멈추었다. 훈련 대장은 넘어진 블롭을 향해 멈추지 않고 다가가며 소리쳤다.

"감히 내 훈련장을 쑥대밭으로 만들어?"

가슬에게 맞아 벽으로 날아가 버린 바우구스는 재빠르게 일어나 대답했다.

"그래. 너의 힘은 인정해 주마. 하지만 무식하게 힘만 써서 나를 절대 봉인할 수 없어."

하얀 눈동자를 가진 블롭은 다가오고 있는 가슬을 향해 한쪽 팔에 있는 붉은 용의 머리를 치켜들고 말했다.

"많이 뜨거울거야."

잠시 뒤 용의 머리에서 화산이 폭발하는 것처럼 뜨거운 불꽃이 뿜어져 나왔다. 거대한 화염은 다가오고 있는 가슬을 향해 빠른 속도로 나아갔다.

가슬은 엄청난 거대한 칼로 막아보려 했다. 하지만 쏟아져 나오는 불의 힘이 너무 강해 가슬은 버티지 못하고 옆으로 몸을 던져 간신히 피했다.

바우구스의 손에서 나간 거대한 용암은 가슬 뒤에 있는 훈련장 벽에 맞았고 그 부분은 둥글게 뚫려버렸다. 그때 리온은 바너스의 팔을 떼어내고 말했다.

"가슬님을 도와야 해…."

바너스가 고개를 격하게 저으며 외쳤다.

"목숨이라도 구하려면 지금 이곳에서 도망쳐야 해!"

리온은 고개를 저으며 말을 이었다.

"아니야. 내가 블롭을 잡는 사냥꾼이 된 이상 가슬 혼자 싸우고 있는 것을 보고만 있을 수 없어."

불굴의 심장

바너스가 다급하게 말했다.

"그건 안 돼! 너는 시험에 합격한 지 얼마 되지 않은 사냥꾼이라고! 저기 블롭의 어깨를 봐. 양쪽 어깨에 심장이 있잖아. 심장이 두 개인 블롭은 상상할 수 없을 만큼 엄청난 힘을 가지고 있어!"

그런데도 리온은 바너스의 팔을 살포시 내려놓으며 소리쳤다.

"블롭의 심장이 하나든지 두 개든지 도망치지 않을 거야!"

리온은 불안해하는 바너스의 얼굴을 보고 안심하라는 듯 고개를 끄덕거렸다. 이후 그는 바우구스가 서 있는 곳으로 달려갔다. 물론 그도 혐오스럽게 생긴 블롭에게 가까이 다가갈수록 겁이 났지만 집을 나올 때 자신과 했던 약속을 떠올리며 나아갔다. 그때 가슬은 다가오는 리온을 보고 소리쳤다.

"어서 도망쳐!"

달리고 있던 리온은 그 소리를 듣고 순간 걸음을 멈추고 말했다.

"저도 돕고 싶습니다!"

가슬이 놓쳤던 칼을 다시 집어 들고 소리쳤다.

"너는 아직 바우구스의 상대가 안 돼!"

리온은 주먹을 꽉 쥔 채 어떻게 해야 할지 몰랐고 이미 훈련장 안에 있던 학생들은 밖으로 도망친 상태였다. 뒤에서 바너스가 리온을 보고 소리쳤다.

"어서 돌아와! 훈련 대장님도 도망가라고 말씀하시잖아!"

리온은 살포시 눈을 감았다. 그는 머릿속에 캐머슬 영감을 떠올리며 질문했다.

"스승님 저 어떻게 해야 하죠?"

머릿속에 나타난 캐머슬 영감은 바위 위에서 정수리로만 몸의 중심을 유지하고 있는 상태로 말을 내뱉었다.

"애송이 녀석, 당연한 걸 묻는군."

리온은 눈을 부릅뜨고 소리쳤다.

"그래, 난 도망치지 않아!"

그때 바우구스는 가슬의 심장을 빼내기 위해 달려가기 시작했다. 훈련 대장도 다시 일어나 블롭의 몸을 베어내기 위해 다가갔다.

"너의 두 심장을 내가 다시 멈추게 해줄게."

바우구스가 다가오면서 답했다.

"오랜만에 깨어난 이상 세상에 있는 인간들의 심장을

모조리 먹어 치워버릴 거야."

하얀 눈동자를 가진 블롭은 다시 뱀의 혓바닥을 내보내 가슬의 몸을 완전히 묶으려고 했다. 훈련 대장은 빠르게 뻗어오는 뱀의 혓바닥을 한 손으로 잡았다. 그런데 블롭의 팔에서 검은 뱀의 머리가 하나 더 나와 그의 뭉툭한 손을 물었고 가슬은 신음했다.

"윽…!"

블롭은 혓바닥을 날름거리며 말했다.

"덩치만 크다고 해서 절대 나를 이길 수 없지."

가슬은 다시 칼을 떨어뜨렸다. 그는 뱀의 뾰족한 이빨에 물린 손을 잡고 어금니를 깨물며 간신히 버티고 있었다. 리온은 그를 보고 소리쳤다.

"가슬! 괜찮아요?"

가슬은 블롭을 향해 다가가는 리온을 보고 소리쳤다.

"여긴 위험하니까 어서 도망치라니까!"

리온은 상처 입은 가슬을 보고 있을 수만 없어 그의 말을 듣지 않고 발걸음을 멈추지 않았다.

"블롭 사냥꾼이 된 이상 저 혼자만 비겁하게 도망갈 수 없어요!"

가슬은 말을 듣지 않는 리온을 보며 목이 찢어지듯

외쳤다.

"나 혼자 저 녀석을 처리할 수 있으니 어서 도망가라고!"

가슬은 힘겹게 몸을 일으키며 묵직한 칼을 한 손으로 집어 들고 절뚝거리며 다시 바우구스를 향해 걸어갔다. 그는 다시 커다란 칼을 휘둘렀고 블롭은 한쪽 팔에 달린 뱀의 머리에서 혓바닥을 뻗더니 가슬의 몸을 더 강하게 압박하고 말했다.

"생각보다 끈질기군."

가슬은 이번에도 뱀의 두꺼운 혓바닥을 풀어보기 위해 온몸에 있는 근육을 사용해 힘을 주었다. 하지만 그럴 때마다 뱀의 송곳니에 물린 고통이 더 욱신거려 힘을 사용할 수 없었다. 리온은 그를 보고 자신이 직접 블롭을 물리쳐야겠다고 생각했다.

바우구스는 가슬의 몸을 묶고 난 뒤 말했다.

"이제는 벽이 아닌 너의 몸통을 뜨거운 화염으로 뚫어줄게."

하얀 눈동자를 가진 블롭은 묶고 있는 가슬의 몸을 향해 오른손을 치켜들었다. 붉은 머리의 용은 입을 크게 벌렸다. 가슬은 그의 공격을 피하고자 온갖 발버둥을 쳤지만 소용없었다. 리온은 용암을 뿜으려는 붉은 용의 머리를 보며 달려갔다.

"안 돼!"

그때 리온은 뒤쪽에서 빠르게 다가오는 열기를 느꼈다. 분명 바우구스의 손에서 뿜어져 나오는 용암은 앞에 있었는데 그보다 더 뜨거웠다.

리온은 고개를 돌려 뒤를 보았고 라이츠가 온몸에 불이 활활 타오르고 있는 상태로 블롭을 향해 달려가고 있었다.

"라이츠!"

그는 방금까지 멍하게 서 있던 눈빛이 먹잇감을 노리는 듯한 짐승으로 변해 있었다. 라이츠의 두 주먹에서 뜨거운 불꽃이 활활 타오르고 있었다.

라이츠는 아무 말 없이 불을 뿜어내려는 용의 머리 앞으로 달려갔다. 그의 모습은 한 마리의 불사조가 날개를 펼친 것처럼 보였다.

"라이츠…."

바우구스의 팔에서 뿜어져 나간 뜨거운 화염은 이제 뱀의 혓바닥으로 묶여 있는 가슬 바로 앞까지 왔다. 가슬은 아무리 힘을 주어도 고무처럼 늘어나기만 할 뿐

끊어지지 않는 뱀의 혓바닥을 보고 창백해진 얼굴로 소리쳤다.

"내가 임무를 완수하지 못하다니!"

이제 그는 마치 뜨거운 태양 앞에 서 있는 것처럼 엄청난 열기를 느꼈다. 가슬은 결국 눈을 지그시 감았다. 그런데 시간이 지나도 뜨거운 열기가 몸을 관통하지 않자 눈을 떠 앞을 바라보았다.

"이 녀석은⋯."

눈앞에서 라이츠가 손바닥으로 바우구스의 손에서 뿜어져 나오는 불을 막아내고 있었다. 바우구스는 갑자기 나타난 인간이 한 손으로 자신의 화염을 막고 있는 것을 보고 놀라 얼굴을 찡그린 채 말을 내뱉었다.

"저 인간은 또 뭐야!"

블롭은 라이츠의 몸통을 뚫어버리기 위해 더 강한 불꽃을 뿜어냈다. 라이츠는 눈에 힘을 주더니 용암을 막아내며 앞으로 걸어갔다. 바우구스의 한쪽 팔에서 터져 나오는 용암은 라이츠에게 막혀 사방으로 튀겨나갔다.

라이츠는 자신에게 쏟아져 오는 뜨거운 불꽃을 막아냈고 바우구스가 서 있는 곳 앞까지 다가서며 속삭였다.

"얼른 불을 꺼야 해⋯."

바우구스는 조용히 중얼거리는 라이츠를 보며 말했다.

"뭐라고 하는 거야!"

라이츠는 바우구스의 하얀 눈동자를 보며 소리쳤다.

"빨리 불을 꺼야 한다고!"

라이츠의 양쪽 눈에선 눈물이 흘러내리고 있었다. 그는 바우구스의 몸통을 향해 불타고 있는 주먹을 뻗었고 단단한 블롭의 가죽이 녹아내리기 시작했다. 당황한 블롭은 소리쳤다.

"너희들은 내 심장을 멈추게 할 수 없어!"

라이츠는 가슬을 묶고 있는 뱀의 두꺼운 혓바닥을 손으로 꽉 쥐며 끊어냈다. 뒤에서 보던 리온도 블롭의 심장을 노리기 위해 달려갔다.

그때 바우구스의 팔에 달린 뱀의 머리에서 또 다른 뱀의 머리가 튀어나오더니 기다란 채찍처럼 길게 늘어나 불이 타오르고 있는 라이츠의 몸을 내리쳤다. 그러자 라이츠는 활활 타오르고 있던 불이 꺼지면서 멀리 날아가버리고 말았다.

가슬은 라이츠의 도움으로 뱀의 속박에서 풀려났지만, 뱀의 이빨에 물린 상처의 고통은 사라지지 않았다. 잠시 뒤 힘이 빠진 가슬도 블롭이 채찍처럼 휘두르는 뱀의 혓바닥에 맞아 훈련장 끝까지 날아가 버리고 말았다.

리온은 멀리 날아가는 그의 모습을 보고 소리쳤다.

"가슬!"

리온은 멀리 날아간 가슬과 라이츠를 보고 바우구스를 향해 소리쳤다.

"네가 감히 내 친구와 훈련 대장님을…."

리온은 눈을 치켜뜨며 바우구스를 노려보았다. 그때 몸 주변에 황금빛 연기가 피어오르기 시작했다. 뒤에서 걱정스러운 마음으로 지켜보고 있던 바너스는 눈을 크게 뜨고 두 손을 모으며 말했다.

"드디어 나왔다!"

뱀의 혓바닥에 맞아 날아가 버린 라이츠는 힘없이 주저앉아 있었고 가슬도 벽에 강하게 부딪히자 방금까지 보였던 거대한 곰의 형상은 사라졌다. 그는 한 손으로 땅을 짚고 리온을 쳐다보았다.

블롭은 한쪽 팔에 뱀의 머리가 하나 더 나오자 말했다.

"내 귀여운 친구들이 전부 나왔군. 역시 인간들을 괴롭히고 죽이는 것이 제일 재미있어."

블롭은 빠르게 다가오고 있는 리온을 보고 말했다.

"이제 인간들이 스스로 심장을 바치려 하는구나."

황금빛 연기가 리온의 몸을 휘감기 시작했다. 주변에는 달빛보다 더 밝은 용이 기다란 수염을 흩날리며 나타났다. 리온은 주먹을 꽉 쥐고 소리쳤다.

"블롭들은 절대 인간들의 세상을 지배할 수 없어!"

리온은 양쪽 주먹을 뻗기 위해 팔을 들었고 양쪽 주먹에서 황금빛의 용 두 마리가 입을 벌리고 있는 형상이 나타났다. 바우구스는 그 모습을 보고 순간 당황한 듯 눈을 크게 뜨고 말했다.

"저 모습은!"

블롭은 눈이 부신지 뱀의 머리가 있는 한쪽 팔로 눈을 가렸다. 나머지 용의 머리가 달린 팔을 들어 올려 다가오는 리온의 심장을 향해 뜨거운 불꽃을 뿜어냈다.

하지만 그가 내뿜는 용암은 아까처럼 강력하지 않았고 리온이 뻗으려 하는 양쪽 주먹에서 나타난 두 마리의 황금빛 용에게 먹혀 거대했던 불길은 한순간에 사라지고 말았다.

바우구스는 리온이 가까이 다가오자 눈이 부셔 두 팔로 앞을 가려야만 했다. 리온은 블롭의 양쪽 어깨에서 쿵쾅거리고 있는 심장을 향해 주먹을 뻗었다. 블롭 양쪽 어깨에 리온의 주먹이 닿자마자 뚫려버리고 말았다. 날아가던 두 마리의 황금색 용이 블롭을 관통해 버렸다.

그 상황을 보고 있던 바너스는 두 손으로 입을 틀어
막았고 벽에 기대 상처 입은 손을 잡고 있던 가슬도 눈
을 깜빡이지 않고 리온을 보고 있었다. 결국, 블롭의 양
쪽 어깨는 둥글게 뚫려버렸고 그곳에 있던 심장도 사라
진 상태였다. 바우구스는 그 자리에서 꼼짝도 못 하고
힘겹게 말을 내뱉었다.

"블롭 종족이 언젠가 인간들을 지배⋯."

그가 말을 끝내기도 전에 온몸이 굳어버리더니 깨진
조각들이 우수수 떨어졌다. 리온은 그의 몸이 바닥에
떨어져 내린 후에도 숨을 헐떡이며 서 있었고 바너스는
그에게 다가와 소리쳤다.

"네가 심장이 두 개나 있는 블롭을 잡았어!"

가슬은 힘겹게 일어나 문이 부서진 창고 안으로 들어
갔고 잠시 뒤 거대한 항아리를 한 손으로 들고나왔다.

그는 들고 온 항아리를 굳어 있는 블롭을 향해 가져
다 대었고 블롭은 항아리 속으로 빨려 들어갔다.

어느 순간 훈련장 밖으로 도망쳤던 사람들도 모두 주
변에서 상황을 지켜보고 있었다. 가슬은 항아리 안에
블롭의 몸이 전부 들어간 것을 확인하고 리온이 서 있

는 곳으로 다가가 말했다.

"네가 나보다 더 좋은 블롭 사냥꾼이 될 것 같군."

리온이 천천히 숨을 내쉬며 대답했다.

"그건 아니에요. 저는 그저 블롭이 평화롭게 사는 인간들을 죽이지 않았으면 좋겠다는 마음뿐이에요."

모든 상황은 끝이 났다. 가슬은 급히 달려온 의료진에게 치료를 받았고 다행히 생명에 지장은 없었다. 리온은 가슬 옆에서 그의 상처가 깊지 않은 것을 보고 안심했다. 훈련 대장은 리온을 보며 말했다.

"이제부터 너에게 다른 마을에 있는 블롭을 사냥할 임무를 내려줄 테니 맡아줄 수 있겠나?"

리온은 팔찌를 찬 손목을 높이 올려 대답했다.

"당연하죠! 대신 그 전에 갔다 와야 할 장소가 있어요."

가슬은 그곳이 어디인지 알고 있다는 듯 고개를 끄덕이고 말했다.

"천천히 갔다가 오렴. 네가 올 때까지 이곳에서 기다리고 있으마."

리온은 허리를 숙여 인사를 한 후 훈련장으로 나왔다.

바너스는 그에게 다가와 말했다.

"나도 같이가도 돼?"

리온은 그의 어깨에 손을 올리고 대답했다.

"미안해. 나 혼자 가야 할 곳이 있어. 대신, 금방 돌아올게!"

바너스는 그의 말을 듣고 고개를 끄덕였다. 리온은 홀로 훈련장 밖을 향해 발걸음을 옮기기 시작했고 주변 사람들은 그가 밖으로 나갈 때까지 한순간도 눈을 떼지 않았다. 리온은 많은 사람의 시선을 받자 다시 두 뺨이 붉어졌고 뒷머리를 긁적거리며 훈련장 밖으로 나왔다. 그는 왼팔에 걸려 있는 팔찌를 보며 신나게 소리쳤다.

"영감님 제가 해냈어요!"

리온은 하루빨리 캐머슬 영감에게 좋은 소식을 알리기 위해 발걸음 속도를 높였다.

그때 리온 옆에 아키가 슬며시 나타나 말했다.

"방금 멋있었어."

리온은 소리도 없이 나타난 그녀를 보고 환한 미소를 지으며 대답했다.

"고마워!"

아키는 고혹적인 미소를 지으며 말했다.

"잘 다녀와!"

리온은 고개를 끄덕였고 산꼭대기를 향해 달려갔다.

산으로 들어가자 초조하게 기다리고 있던 회색 부엉이 레모가 기다리고 있었는지 날개를 퍼덕이며 다가왔다.

"표정이 좋아 보이는데 무슨 일이 있었던 거야?"

리온은 대답 대신 팔을 번쩍 들어 올렸다.

"이제 영감님을 만나서 자랑하려고!"

리온은 레모와 같이 산을 올랐다. 그는 신난 기분에 산에 오르는 중에도 전혀 힘이 들지 않았다. 얼마 지나지 않아 그들의 눈앞에 초가집이 보였다.

리온은 산이 떠나갈 정도로 소리쳤다.

"영감님! 영감님!"

그런데 초가집 안에 아무 기척이 느껴지지 않았고 캐머슬 영감은 바위 위에도 없었다. 그때 하얀 나비 한 마리가 꽃잎 같은 날개를 움직이며 리온 앞으로 날아와 말했다.

"캐머슬 영감님을 뵈러 온 거야?"

리온이 고개를 끄덕이며 대답했다.

"어! 꼭 전해드리고 싶은 말이 있거든!"

하얀 나비는 사뿐히 날갯짓하며 조심스럽게 말을 내뱉었다.

"캐머슬 영감님은 이제 이곳에 계시지 않아…. 저 높

은 하늘로 올라가셨거든.”

리온은 순간 심장이 멈추기라도 한 듯 움직이지 못했다. 하얀 나비는 눈물을 글썽이기 시작한 리온의 콧등에 살포시 내려앉아 천천히 말을 이었다.

“네가 이곳에 처음 올라왔을 때부터 영감님의 건강은 많이 악화된 상태였어. 무리하시면서까지 너를 지켜봐 주신 거지. 네가 앞으로 훌륭한 블롭 사냥꾼이 될 거라고 매일 말씀하셨어.

리온은 주저앉아 하염없이 울기 시작했다.

이후 그는 스승님이 살던 공간에서 잠시 지내며 마음을 다스렸다. 일주일이 지나 리온은 캐머슬 영감이 매일 명상했던 바위 위에 앉아 미소를 지은 채 하늘을 바라보며 말했다.

“영감님! 어머니! 저는 세상에 있는 블롭들을 모두 잡아서 마을 사람들이 걱정 없이 살 수 있도록 할 테니 그곳에서 반드시 응원해 주셔야 해요!”

-2편에서 계속-

불굴의 심장

불굴의 심장

초판 1쇄 발행   2025. 10. 27.

지은이   고병재
펴낸이   김병호
펴낸곳   주식회사 바른북스

편집진행   임현정
디자인   최다빈
마케팅   송송이 박수진 박하연

등록   2019년 4월 3일 제2019-000040호
주소   서울시 성동구 연무장5길 9-16, 301호 (성수동2가, 블루스톤타워)
대표전화   070-7857-9719 | **경영지원**   02-3409-9719 | **팩스**   070-7610-9820

•바른북스는 여러분의 다양한 아이디어와 원고 투고를 설레는 마음으로 기다리고 있습니다.

이메일   barunbooks21@naver.com | **원고투고**   barunbooks21@naver.com
홈페이지   www.barunbooks.com | **공식 블로그**   blog.naver.com/barunbooks7
공식 포스트   post.naver.com/barunbooks7 | **페이스북**   facebook.com/barunbooks7

ⓒ 고병재, 2025
ISBN 979-11-7263-629-6 03810